피어나지
않는다고
나무가
아니라는

작은숲시선 045

합동시집3

잎이 나지 않는다고 나무가 아니라는

2024년 12월 23일 제1판 제1쇄 발행

지은이 강병철 김정원 박우현 송창섭 신탁균 이학우 임혜주 전종호 조재도
펴낸이 강봉구

펴낸곳 도서출판 작은숲
등록번호 제406-2013-000081호
주소 경기도 파주시 와석순환로 307, 1107-101
전화 070-4067-8560
팩스 0505-499-8560
홈페이지 http://www.littleforestpublish.co.kr
이메일 littlef2010@naver.com

ⓒ 강병철 김정원 박우현 송창섭 신탁균 이학우 임혜주 전종호 조재도

ISBN 979-11-6035-162-0 03810
값은 뒤표지에 있습니다.

작은숲시선 045

합동시집 3

강병철 김정원 박우현 송창섭 신탁균
이학우 임혜주 전종호 조재도

잎이 나지 않는다고
나무가 아니라는

피●이나지
앉는다고
나무가
●아니라는

작은숲

노래, 찔레꽃

여전如前하다의 반대말은 무엇일까? 전례 없다가 아닐까? 어느 때보다 유난히 뜨거웠던 올여름을 지나오며 나는 두 가지 전례 없는 일을 겪었다. 하나는 갈수록 더워지고 길어지는 폭염과 열대야였고(서울 기준 34일), 하나는 쪼개진 광복절 행사였다. 나만 겪은 게 아니라 우리나라 국민이 다 같이 보고 겪었으니 새삼스레 길게 이야기할 것은 못 된다. 아무튼 전례 없는 일이라는 점에서 전과 같지 않았으며, 삶에서 '여전'한 것이 얼마나 귀중한 건지 새삼 느끼게 되었다.

여전하지 않음은 나의 일상에도 변화를 가져왔다. 나는 집 뒤 태조산을 보통 때는 낮에 다니는데, 여름이 되면 한낮 더위를 피해 아침에 다닌다. 산에 다니며 즐겨 하는 일 중에 하나가 노래하기인데, 그 레퍼토리는 동요에서부터 트로트, 일반 가요, 민중가요, 단가 등 다양하다. 한번 '짓'이 올라 부르면 보통 열 곡 이상, 주로 산에서 내려올 때 부르는데 집 현관 번호키 앞에 와서야 멈춘다. 물론 미친놈처럼 고성방가하는 것은 아니다. 남이 듣기에 눈살 찌푸리지 않을 정도로 성량과 고저를 조절해, 그러나 노래의 흥이 깨지지 않는 선에서 부른다.

어느 땐 한 곡을 열 번 스무 번 되풀이하여 부르기도 하는데, 오늘 그렇게 부른 노래는 「찔레꽃」이라는 옛노래이다. 아마 우리 나이 정도면 누구나 아는 노래일 것이다. 1942년(1941년 설도 있음) 백난아라는 가수가 발표하여 오래도록 유행했던 곡이다. 1941년이면 태평양 전쟁이 일어난 해이다. '대동아전쟁'이라고도 하는데, 일본이 동아시아에 있던 유럽의 식민지를 강탈하기 위해 하와이 진주만에 있는 미 해군기지를 기습 공격하여 일어난 전쟁이다. 노래 「찔레꽃」은 특이하게 앞에 '서사'라는 게 있는데, 이 부분이 이 노래가 만들어진 시대적 배경을 잘 나타내준다. 멜로디 없이 줄글을 낭독하듯 하는 부분인데 길어서인지 실제 노래할 때는 거의 낭독되지 않는다. 그렇지만 나? 나는 당연히 이 서사까지 통째로 다한다. 내용을 보자.

"이른바 대동아전쟁의 풍운이 휘몰아치던 날, 우린 그 어느 때보다 슬픈 별 아래 살아야 했다. 절망의 황혼 우린 허수아비였다. 슬픈 앵무새였다. 광란의 전쟁 앞에 바쳐진 슬픈 제물이었다.

정거장마다 목이 메여 미친듯 남의 군가를 부르며 남의 전쟁터로 끌려가는 젊은이들의 충혈된 눈동자가 그 절망의 황혼을 보고 있었지.

산에 올라 소나무 껍질을 벗기는 근로보국대의 하룻날, 어린 소년들은 점심을 굶었고, 고갯마루를 오르는 목탄차는 일제의 마지막 숨결인양 허덕였지.

까까머리에 국민복 을씨년스런 몸뻬 차림으로 한 톨의 배급 쌀을 타려고 왼종일 이른바 나라비를 섰고, 처녀들은 정신대에 뽑혀 갈까 봐 시집을 서둘렀지.

못 견디게 가혹한 그 계절에도 찔레꽃은 피었는데, 산천은 그렇게 아름다웠는데 우린 자꾸만 눈물이 쏟아졌는데…"

그리고 이어지는 노래 3절.

1절 : 찔레꽃 붉게 피는 남쪽 나라 내 고향/ 언덕 위에 초가
      삼간 그립습니다.
      자주 고름 입에 물고 눈물에 젖어/ 이별가를 불러주
      던 못 잊을 동무야.
2절 : 달 뜨는 저녁이면 노래하던 세 동무/ 천리객창 북두
      성이 서럽습니다.

삼 년 전에 모여 앉아 백인 사진을/ 하염없이 바라보
니 즐거운 시절아.

3절 : 연분홍 봄바람이 돌아드는 북간도/ 아름다운 찔레꽃
이 피었습니다.

꾀꼬리는 중천에 떠 슬피 울고/ 호랑나비 춤을 춘다
그리운 고향아.

시사에 이어지는 노래. 노래에 나오는 남쪽 나라 고향 언덕
의 초가삼간, 그리고 세 동무, 3년 전에 찍은 사진, 지금은 헤
어져 고향을 떠나 먼 곳에서 전전하는 고달픈 객지살이(천리
객창), 그 객지가 바로 나라 잃은 우리 민족이 모진 일제의 탄
압을 피해 유랑한 북간도, 그곳에 핀 찔레꽃을 보며 하는 고
향 생각.

노래의 멜로디가 그 시대의 감성을 표현한다면, 가사는 시
대의 삶과 역사를 그려낸다. 일제 시대 말기 식민지 조선에 대
한 약탈과 민족 말살을 이 노래만큼 여실하게 보여주는 것도
없다 하겠다. 그러니까 나처럼 나이 들어가는 사람들에게는
이 노래의 정서적 무늬가 아로새겨져 있어, 이런 계열의 노래
를 자기도 모르게 흥얼거리게 된다.

오늘 내가 산을 내려오며 이 노래를 여러 번 되풀이한 것은
이 노래에 이른바 '꽂혀서' 이다. 노래의 가사와 멜로디를 음

미하며, 그 당시 일제의 만행에 정서적으로 공분했던 것이다.

　아무래도 1980년대 민주항쟁 이후 우리 사회의 여러 분기分岐는 1990년대 들어 세계화의 유입에서 비롯되었다고 생각한다. 신자유주의에 입각한 세계화는 우리 사회의 정치 경제뿐만 아니라 사람의 인식에서도 엄청난 변화를 가져왔다. 여기에 PC가 가정마다 보급되고 그에 따라 인터넷이 상용화되면서 분화의 속도와 갈래는 더 빠르고 다기화되었다고 본다.

　뉴라이트로 불리는 신보수주의자들이 나타난 것도 2천년대 들어서이다. 1997년 외환위기를 겪은 우리 사회 보수들은 기존의 전통보수Old Right와는 다른 새로운 대안이 필요했고, 그 결과 나타난 것이 뉴라이트라 볼 수 있다. 다시 말해 기존의 전통보수주의자들은 반공과 산업화를 중심가치로 두었는데, 신보수주의자들은 신자유주의 경제와 국가주의적 역사관을 중심가치로 두고 있다. 2천년대 초 사회적 물의를 일으켰던 '일베'에서 이명박 정권(건국절 파동)과 박근혜 정권(국정역사 교과서 파동)을 거치면서 몸집을 키운 신보수주의자들이 윤석열 정권에 들어와 정부의 각종 요직을 독차지하면서, 그야말로 '전례 없이' 그냥 보아넘길 수 없는 여러 '사태'를 불러일으키고 있다.

뉴라이트들은 대한민국의 현대사를 집중적으로 재해석하려 한다. 헌법에도 명시되어 있는 1919년에 세워진 임시정부의 법통을 부정하고, 1948년 8월 15일을 정부수립일이 아닌 건국절로 주장하며, 친일파를 대거 기용해 정적을 제거하다 추방된 이승만을 국부로 떠받들고, 경제개발을 통한 산업화를 일구었다 하여 박정희 정권을 예찬한다. 이는 '식민지근대화론'에 연결되는 논리로, 일제 강점기 36년을 주권침탈과 민족 억압으로 보는 게 아니라, 근대화의 한 과정으로 보는 것이다. 이런 관점에서 보면 민족 자주를 외치며 거국적으로 일어났던 기미년 3·1 만세운동도, 숱한 희생을 치르며 전개된 여러 독립운동과 독립운동가들도, 위안부 문제, 징용 문제, 민족자원 수탈문제 등등이 근대화 과정에서 일어났던 하나의 사건(테러)에 불과하며, 결국 이 모든 주장의 논리는 '일마(일본의 마음)'에 가닿는 것이다.

예전에 80년대 한국사회구성체 논쟁이 한창 불붙을 때였다. 한국사회를 어떻게 보느냐에 따라 운동 진영의 전략 전술이 달라지기에 상당히 비중 있게 다루어졌는데, 그때 이른바 한국사회 자본주의 발달에 대해 소위 PD 계열에서는 독자적 관점으로, NL 계열에서는 종속적 관점으로 보아 논쟁을 한 기억이 있다. 독자적 관점이란 우리나라가 비록 일본에 의해 강제로 지배되었지만, 그럼에도 자본주의 발달은 우리나라에서 독자적으로 이루어졌다는 것이다. 반면 종속적 관점은 일제 강점기 자본주의적 발달 요소가 없는 것은 아니지만, 그보다는 일제 식민지 상황에 중점을 두어야 한다는 것이다. 물론 그때의 논쟁이 40년이 지난 오늘날 똑같이 반복된다고 보진 않는다. 그러나 그럼에도 식민지근대화론이라는 것이 40년 전 일제 강점기 한국사회 자본주의 발달을 '독자적'으로 보려 했던 운동 진영의 논리와 맥이 닿아 있지 않은가 하는 생각이 떠오른다. 괴물과 싸우다 괴물이 되어 버린 사람들이 주변에 하도 많기에 하는 말이다.

  "윤석열 정권에서 역사교육 관련 기관 임원 중 최소 25개 자리를 뉴라이트나 극우 성향으로 평가받는 인사들이 차지한 것으로 확인됐다. 8월 12일 공공기관 경영정보 공개시스템 알리오에 등록된 임원 현황과 각 기관 공개 정보를 분석한 결과 역사교육 관련 8개 기관과 위원회에 '뉴라이트'나 '극우' 성향으로 분류되는 인사가 최소 25개 자리를 맡고 있는 것으로 나타났다. '3대 역사기관'으로 분류되는 한국중앙연구원(한중연)과 국사편찬위원회(국편), 동북아역사재단을 비롯

해 진실·화해를 위한 과거사정리위원회(진화위), 국가교육위원회(교육위), 독립기념관, 독립운동훈격 국민공감위원회, 국기기록관리위원회 등의 정보를 분석한 결과다. 복수의 기관·위원회에서 활동하는 중복 인사를 제외하면 최소 21명으로 집계됐다." (이상 dcinside.com 2024. 8. 13)

이런 물 밑 작업에 비하면 수면 위로 떠올라 세간의 관심을 끈 김형석 독립기념관장 임명 문제나, 군의 정신교육 교재에 공산주의에 연결되었다 하여 홍범도, 김좌진 장군과 김구 선생 등 독립운동가 이름이 빠진 문제, 김문수 고용노동부 장관 후보 인사청문회, 8월 15일 광복절 경축식에서 건국절을 옹호하는 발언해 경축식을 파행한 김진태 강원도지사 문제 등은 조족지혈에 해당한다 할 것이다. 그 외에 김영호 통일부 장관, 김태효 국가안보실제1차장, 김광동 진실.화해를위한과거사정리위원회위원장, 이진숙 방송통신위원회위원장, 김낙년 한국학중앙연구원장, 박지향 동북아역사재단이사장, 박이택.오영섭 독립기념관 이사 등 뉴라이트 인사로 봄직한 인사들이 윤석열 정권에서 어렵지 않게 찾아볼 수 있다.(금강일보 2024. 8. 29) 이쯤되면 뉴라이트 사람들이 윤석열 정권을 밀고 들어가 요직을 독차지했다고 봐야 하지 않을까?

독재자의 딸도 대통령이 되었다가 국정농단으로 탄핵을 당한 박근혜 씨가 잘한 일이 하나 있다면 그것은 그가 탄핵을 받아들여 물러났다는 것이다. 만일 탄핵을 끝까지 안 받아들였다면? 군부를 중심으로 계엄을 준비한 정황은 이미 드러나 수사 선상에 올랐고, 우린 또 한 번의 전례 없는 제2의 광주를 겪어야 했을지도 모른다.

그러나 다시 그런 일이 일어나지 말라는 법도 없다. 일제 강점기 선조들의 국적이 일본이라는 사람이 노동부 장관이 된 판에 말이다. 여기서 일제 강점기 조선인의 국적과 관련하여 확실히 해두어야 할 게 있다. 일제는 독립운동가들의 수사권과 제국 헌법이 보장하는 혜택을 조선인에게 주지 않기 위해 조선인을 헌법상 일본인으로 인정하지 않았고(실제로 조선에 국적법을 적용하지 않았다), 그렇게 되자 식민지 조선이 조선인이 일본 국민이 아닌데 그럼 조선의 영토는 일본 제국의 영토가 맞느냐 하는 문제가 생기자, 국제법상 일본 영토 안에 헌법상의 외국이 존재한다고 하여, 조선인은 헌법상 일본인은 아니지만 국제법 상 일본인이라고 한 것이다. (「일제시대 조선인의 국적은 일본인가?」 https://www.clien.net/service/board/park/18790936)

그러니까 일제는 조선인의 국적을 일본인으로 인정하지 않았고, 그렇게 되자 조선 영토를 자기들 것으로 할 수 없게 되어 국제법을 들이대어 조선인과 조선 영토가 일본의 것이라 한 것이다. 나라의 주권을 빼앗고, 조선과 조선인을 탄압하고 수탈하기 위해 펼친 일제의 해괴한 논리에 편승해, 조선인이 일본 국민이었기에 손기정도 1936년 베를린 올림픽에 일본 대표 선수로 출전하지 않았느냐 하는 뉴라이트의 주장은 참으로 일제의 주장에 동조하는 한심한 작태이며, 일제의 주구임을 스스로 드러내는 처사가 아닐 수 없다.

"유구한 역사와 전통에 빛나는 우리 대한국민은 기미삼일
운동으로 건립된 대한민국 임시정부의 법통과 불의에 항거
한 4 · 19 민주이념을 계승하고,"

1948년 7월 17일 제정된 대한민국 헌법 전문이다. 이 한 문장 속에 논란이 되는 모든 것이 다 들어있다. 그럼에도 헌법정신을 부정하고 온갖 괴설로 피로 쓴 역사를 부정하며 갖은 요설을 늘어놓는, 역사 쿠데타를 벌이고 있는 뉴라이트들을 어떻게 보아야 할까? 그들은 한마디로 '신新친일파'이자 '친일매국세력'이 아닐 수 없다.

"신대한국 독립군의 백만 용사야/ 조국의 부르심을 네가
아느냐/ 삼천리 삼천만의 우리 동포들/ 건질 이 너와 나로다/
나가 나가 싸우러 나가/ 독립문의 자유종이 울릴 때까지/ 싸

우러 나가자"

항일 무장투쟁을 하던 독립군들이 부르던 「독립군가」다. 1910년 경에 만들어져 불린 이 군가는 지금 들어도 피가 끓는다. 만주벌판을 달리던 독립군들의 용맹함과 민족 해방의 열의가 고스란히 전해진다. 이 「독립군가」에는 미치지 못해도, 나라 잃은 설움을 여실히 드러내고 있는 옛 노래인 「찔레꽃」의 한 구절만도 못한 자들이 독립기념관을 따로 짓겠다는 등 일본을 뒷배로 설쳐대는 꼴이 참으로 가관이다.

2024년 가을, 조재도

차례

강병철

1983년 『삶의문학』 동인으로 작품활동 시작, 시집 『유년일기』 『하이에나는 썩은 고기를 찾는다』 『꽃이 눈물이다』 『호모중 딩사피엔스』 『사랑해요 바보몽땅』 『다시 한판 붙자』 『격렬하고 비열하게』 발간, 장편소설 『해루질』 등, 소설집 『열네 살, 종로』 등 산문집 『어머니의 밥상』 등이 있다.
kbc5701@hanmail.net

낙조 落照

　갈마리 길목 염전 저수지는 꽃소금 만드는 바닷물 보관소 발가숭이 풋고추들 '사해死海처럼 가볍당' 자맥질 헤집는데, 다섯 살 소년 하나

　까치발 따라오다가 아차, 홀라당 빠졌네 사람 살려, 그 비명 5초만 늦어도 죽었을 게 확실한데, 아홉 살 즈이 형 깡마른 손가락 끄트머리 닿자마자 지남철처럼 끌려 나오는 피붙이의 기적

　눈물로 타오르는 저녁놀이라니, 아, 누구의 작당인가 서해바다 한가운데 빨간 뻥끼통 쏟은 채 껄껄 웃다니

백일홍

강스파이크 꽂는 근육질 스승 이름자 외치며 목 터지게
응원했다 텀블링 뒤집기로 인사받던 그 스타 선생님, 꿈나
무 키우는 싸대기 날릴 때마다 '때려 주세요' 맞으면서 크
겠다는 각오도 진심이었지만

'마주 보고 때리기' 명령으로 라이방 감시망 더 번뜩였
다 살살 만지다 걸리면, 이렇게 때리는 거야, 시범케이스
한 방에 찐빵처럼 부풀면서 마침내 치고받는 싸움이 되었
다가

용의 검사 날, 침 발라가며 때 껍질 벗겨내었다 한 해만
지나면 졸업할 상급반 여자애들도 앙가슴 가린 채 난감하
게 대기하던 봄날, 그 창가 붉은 꽃이다

상갓집

떠돌이 방 씨 이삿짐 내리던 서른 살

농짝 메던 토박이들 '몇 살이슈?'물을 때 다섯 살 올려부
쳤다 그니의 아내도 두루뭉술 넘어가니 '헹님'대우로 몇 차
례 강산 바뀌다가

췌장암 판정으로 눈 감으니 빠른 운명이다 '대문 앞 저
승길'에서 맏상주 방상국 씨, 제문 작성 난감해지니 유세
차維歲次 다음 획 주춤주춤 쓰다듬으며

아부지 연세 내려쓸 참유, 이실직고에 정 많은 촌로들 '
먼저 간 자가 성님이여' 선심으로 편안해진다 떡 고리 쓰
러진 김에 마샤나 보자 동탄이 터지든 팔봉이 아작나든
부어라 마셔라, 부나비 떼 알전구로 부릉부릉 달라붙는데

코스모스

꼬부랑 부부 늦여름 동행
살살이꽃 신작로
열 발자국 앞선 사내
언능 오랑께, 손나팔 불지만
그 할미, 갈수록 더뎌진다
그 할배, 팽나무 그늘에서
고무신 털며 재촉하더니
버스에 가려 발바닥만 보이다가
떠나자마자 모두 사라져 버렸다

19금 영화에서*

생선 목 치던 회칼로 탯줄 자른 어미
내장 더미에 핏덩이 던져도
울기 싫어요 헤엄칠 때마다
청어 대가리 쏟아지더니
웬일일까, 성경책 든 천사표 여자
그 품에 안겨 남녘 간이역에서
완행버스 갈아탄 사연
강산이 바뀌고 또 뒤집히며
그나라 가장 예민한 후각 일인자로
향수 매출 재벌 자리 잡으니
돈더미에 치여 숨 막히면서
보고 싶어요, 엄마 찾아 삼만 리
아시는 분 제발 사례합니다
무조건 광고 나풀거리는

* 독일 스릴러 영화 '향수'에서(톰 티크어 감독)

할매 귀신

설익은 자두 하나
뽀드득 문지르던
마른 명태 손바닥
이제 만질 수 없어요
소쩍새 소리 따라
사라진 할머니
새도록 기다릴 거야
어금니 깨물며
사립문 기울이던 여섯 살

초성리 1978
- 100킬로 행군

새벽 네 시 나팔 소리

조이고 기름치던 완전군장 출정을 '군인의 함성'이라 불러야 하나, 망곡산 자작나무로 동트는 새벽, 완행버스 기다리던 비포장 시민들 처연히 바라보던

그 행렬 뒤로 갈수록 아스라이 흐려진다 부은 발목 문지르는 10분간 휴식, 퉁소는 불어도 세월은 간다 고단한 웃음으로 청보리밭 지나 주상절리 배경으로 발바닥 비비다가

나이트 지배인 출신 유 일병, 떡라면에 소주 한 병 허공에 펼치는 '등 푸른 청춘' 딱 그 체질이다 군화 끈 풀고 부어라 마시자 너털웃음으로 찬 바람이 이마빡 때린다

서울에선 지금도 '돌아와요 부산항' 조용필이 박수갈채

나가는 중일까 차범근의 질주 따라 일본 선수 벌떼처럼 달
려들면 축구장 관중들 우우 아우성으로 바리케이드 쳐줄
까, 갸웃갸웃 털어내며 앞으로 앞으로

　삼거리 대폿집 알전구 반짝이더니
　늙은 주모 양동이 물 채워 한 바가지씩 안기니 지친 사
병들 내장까지 무사통과다 일어서라, 파도칠 때 노 저어라
내일부터 천보산 벙커 작업이다

새댁 형님

짚토매 밀며 아궁이 성냥불 켜는 찰나 부엌문 틈새로 어둠 걷히는 중이다 아즈버니 둘째 부인으로 들어온 스물둘 어린 새댁 비단결 심성인데

늙은 아랫동서가 달항아리 새각시 향해, 형님 일찍 일어나셨대유 뒤란 땡감나무 삭정이 떨어뜨리며 동트는 여명 열리는 닭 우는 소리

지가 형님으루 올려드리며 밥 차리면 모냥 이쁠 텐디, 난감한 표정으로 수저 올리는 잰거름이다 걷어 올린 소매로 삶은 달걀 뽀얀 팔뚝 선명하지만

늙은 서방 첩으로 와 본가 문지방 넘을 엄두 내지 못한 채 온양온천 신혼여행 직후 작은댁 안방으로 들어온 신접살림

서방님유? 아침 자시면 만돌린 한판 치신 다음 자전거
타구 신작로 댕겨오겄지유 휴우, 언덕 너머 남은 인생이
더 높은 산인데

⁂

팽나무 줄기가 그물망 꼭대기를 뚫고 하늘로 솟구친 닭장 공간이었다. 그 울타리에는 수탉 한 마리와 열일곱 마리의 암탉이 있었다. 수탉은 딱 한 마리뿐이어야 했다. 두 마리가 되면 죽기 살기로 싸워 하나가 숨통이 끊어지기 때문에 오두막 주인도 1대17 성비를 맞추면서 불평등의 안정을 추구했던 것 같다.

수탉 '숑이'는 체격도 우람했고 소리도 컸다. 그가 팽나무 가지 위에서 벼슬을 곧추세우며.

"꼬끼홋!"

고성을 지르면 안마당에 노닐던 암탉들이 머리를 다소곳이 조아렸다. 모이를 던지면 숑이가 가장 먼저 배를 채웠고 나머지는 그의 총애를 받는 암탉 순서대로 쪼아먹었다. 그리고 숑이의 정기를 받은 여자 닭들이 낳은 달걀로 부화가 쏟아졌지만.

숑이는 자신 이외의 남자는 단 한 명도 살려두지 않았다.

중병아리 때 벼슬에서 수놈의 기미만 보이면 가차없이 찍어 죽였다. 달걀일 때에도 햇볕에 비춰보며 수놈의 낌새만 보이면 그대로 으깨버렸다. 그렇게 죽인 병아리와 달걀이 수백이 넘는다. 암탉들이 슬프게 바라보았지만 저항할 엄두를 내지는 못했다.

'이 안에는 남자가 나 하나뿐이다. 음하하.'

그런데 어느 날 중병아리 틈에 어럽쇼, 수놈 하나가 보이는 것이다. 이런 사태는 처음이다. 어린 수평아리를 죽이기 위해 부리를 겨누는데 아차, 암탉들이 우르르 에워싸며 막는 것이다. 특히 모가지가 낭창낭창 가느다란 '멍이' 암탉은.

"안돼. 내가 21일 내내 품어서 낳은 애야."

혼신으로 막아섰다. 화가 난 수탉이 마구 콕콕 찍어대도 다른 암탉들까지 가세하여 피를 철철 흘리고도 수평아리를 사수하며.

"용아, 피해라."

멍이 암닭이 용이의 엉덩이를 나무 위로 밀어올리며.

"무사히 어른이 되면 나는 네 아내가 될 꺼야."

그렇게 위기 때마다 팽나무 꼭대기로 피신시키며 날이 저물고 달이 흘렀다. 서너 달이 지나면서 용이의 체격이 점점 커지고 붉은 벼슬에 근육도 붙으면서 점차 우람한 장수의 티가 났다. 이제 숑이도 용이를 건드리지 못하며 주위를 빙빙 돌기만 하니 팽팽한 긴장과 균형감으로 시간이 흘렀다. 그렇게 불안한 몇 달이 또 지나더니.

용이가 숑이를 정식으로 운동장에 불러내었다. 그리고 암닭 모두가 보는 자리에서 일대일 결투를 신청한 것이다. 어느새 세월이 흐른 걸까, 투계장에 대결 자세로 서 있는데 아무래도 용이의 몸이 늙은 숑이보다 더 살아 보인다. 그러거나 말거나 물러설 수 없는 부자지간의 결투가 시작되었다.

푸타탁 꼭꼭 꼬끼홋.

그렇게 물고 뜯고 찍어대기를 30분

마침내 아들 용이의 승리로 끝이 났다. 아들은 아비 숑이의 머리를 발바닥으로 꾸욱 누르며 모이의 규칙을 설명했다.

먼저 새로운 대장 용이가 배를 채운다. 그다음 용이가 사랑하는 다섯 명의 첩들이 먹는데 용이를 낳은 어미 암닭이 두 번째 순번이다. 나머지 암닭들 모두 포만감으로 채운 다음 맨 마지막 찌꺼기를 예전의 독재자 숑이가 먹게 되는 규칙이다.

송이는 때로 모이가 없어서 쫄쫄 굶으면서 살이 빠지고 힘이 잦아지기 시작했다.

어느 날 그 닭장 안으로 족제비 한 마리가 쳐들어왔다. 발이 짧은 황갈색 짐승이 나타나면서 닭장 안은 비명으로 아수라장 난리가 터졌다.

으아아악!

홰를 치던 닭들이 바닥에 떨어지면 족제비의 이빨에 재빨리 달려들어 숨통을 끊었다. 그때 용이가 싸움터 한복판에 서서.

"한판 붙자."

그렇게 새로운 대장 용이와 족제비가 죽기 살기로 승부를 벌이는 것이다. 족제비가 목을 무는 찰나 용이의 날카로운 부리가 눈을 찔렀다. 얼마나 지났을까, 족제비 눈에 먹물이 철철 흐르며 전투를 포기하고 닭장 바깥으로 도망쳤다.

"이겼다."

용이가 승리를 선포하는 찰나 푹 쓰러졌다. 족제비에게 물린 목에서 피가 철철 흐르면서 용이는 세상을 떠났다. 장렬하게 싸워 대장답게 전사를 한 것이다.

그 후 아비 수탉 송이가 예전의 대장 자리를 다시 되찾게 되었다. 몸이 쇠한 송이는 자신과 울타리 보존을 위한 규칙을 새롭게 만들었다. 새로 탄생하는 수평아리를 죽이지는 않겠다. 암수가 함께 뛰놀며 자유롭게 짝을 만나는 울타리를 만들겠노라 선포도 했다. 새로운 제도가 혼란스럽지만 암탉들 모두 찬성하며 저마다 암수 병아리를 동시에 키워내기 시작했다. 세상이 그렇게 바뀌는 중이었다.

김정원

2006년 『애지』, 2016년 『어린이문학』으로 작품활동을 시작
했다. 시집 『아심찬하게』, 동시집 『엄마, 아이스크림 데워
주세요』 외 여러 권의 책을 발간했다.

moowi21@hanamil.net

꿈에서

아주 오랜만에 뜬금없이
아버지가 나에게 찾아오셨다

둘러보면, 여우 뒤웅박 쓰고 삼밭에 든 것같이
사방에 캄캄하고 꽉꽉하고 가위눌리는 일뿐이어서
내가 아버지께 여쭈었다

"난세에 건강하고 즐겁게 살려면 어떻게 해야 합니까?"

아버지가 나에게 말씀하셨다

"바보들과 다투지 말아야 한다."

"네? 저는 그렇게 생각하지 않습니다." 하고
내가 대꾸하자

아버지가 한 마디 덧붙이고 고만 자리에서 일어나셨다

"그래, 네 말이 옳다."

잠이 서에서 동으로 달아난 새벽
침상에 누워서 천장을 쳐다보며 곰곰이 생각하니
말꼬리 잡으려는 바보와 다투지 않으려고
바보 말에 얼른 동의하고 훌쩍 떠나가신 아버지께
바보의 대꾸가 얼마나 부끄럽던지…

아침밥을 걸렀다

늙을수록 젊어지는 황혼의 말씀

어머니는 여자보다 굳세다
그러나 어머니보다 더 굳센 어머니가 풀이다

어머니가 조단조단 말씀하신다
씩씩거리며 풀을 뽑는 어린 나에게

"애야, 내가 팔순이 넘도록 논밭에서 김매고 살면서 해
볼 수 없는 것 한 가지가 풀이란다. 이 세상 모든 풀을 거뒬
낼 듯이 너처럼 우악스럽게 뽑다간 풀이 너를 먼저 잡아먹
는다. 사람이 풀과 싸워 이길 순 없지. 풀도 산목숨이고 먹
여 살릴 자식이 있고 대를 이을 후손이 있으니 함부로 막
대하면 목숨 내놓고 대드는 어미 같지. 곡식 둘레 웃자라
서 그늘을 드리우는 풀만 사부작사부작 걷어내고 나머지
는 더 뻗지 않게 다스리면 된단다. 여름 지나고 아침저녁
으로 쌀쌀한 바람이 불면 억세고 사나운 풀도 제풀에 꺾여

사그라드니까. 애야, 사는 게 그렇단다."

　소쩍, 소쩍, 소오쩍, 노총각 소쩍새가 애처롭게 울어대
는 콩밭에서
　오래 같이 살다 보니 당신 허리 닮아가는, 구부러지고
닳은 호미를 놓고 일어선
　어머니가 서쪽 하늘을 바라보신다

　한가위 차례상에 오른 홍옥 같은 해가
　장성 갈재뫼 꼭대기에 걸터앉아 석룻빛 노을로 수채화
를 그리는

제1 계명

뱃가죽이 등짝에 달라붙은, 메마른 숯 같은 노숙인이
별 총총한 밤 광화문 모퉁이에 모로 누워 생각한다

궁궐, 학교, 광장, 공원, 회사, 군대, 국회, 법원에는
임금, 학자, 시인, 예술인, 경제인, 장군, 정치인, 법조인
동상이 수두룩한데

저녁마다 나에게 탕수육과 우유를 거저 주는 짜장면집
주방장 닮은,
음식을 맛깔나게 조리해 사람들에게 대접하는 거룩한
요리사 동상은 그 많은 식당에도, 대로에도 하나 없구나!

일찍이 나폴레옹이 말했듯이
군대는 위장으로 진군한다는데

가장 먼저 목구멍으로 밥을 넘겨 채워야 하는 가죽 부
대 아닌가,

사람이나 짐승이나 벌레나?

아무리 신성하다 할지라도 나머지 일은 그다음이니

가난하고 배고픈 네 이웃을 네 자식같이 먹여라

뭉게구름

다소곳한 바람이 수증기로 지은 고양이가
알아챌 수 없는 잰걸음으로 하늘을 걷는다
담벼락 아래에서 참새를 노리는 듯이

신기한 벌레들이 꿈틀대는 하굣길
한눈파는 아이처럼 느릿느릿 걷다 보니
고양이가 늘어져 뿔난 염소로 변모한다

양털이 널리 널린 비탈진 대초원 너머
자작나무 숲을 지나 높고 파란 바다에 닿자
마중 나온 고래가 염소를 태우고 서산을 넘다가

석양이 장밋빛 노을로 짧은 임시다리를 놓은
천왕봉에 돛단배 그림자 닻을 내리고
세파에 초연한 신선이 되어 이별주를 마신다

평형수

네모나게 조탁한 바위로 빈틈없이 층층이 쌓은 성인가

오색 컨테이너를 싣고 모항母港을 떠나는 화물선,
끊임없이 밀려오는 오대양 거친 파도를 헤치며
전진하고 후진하는 일
좌회전하고 우회전하는 일

목적지로 가는 방향과 속도도 중요하지만,
가장 중대한 일은
어떠한 상황에서도 기어코 뒤집히지 않는 일

흔들리지 않는 것이 아니라 흔들려도,
기울지 않는 것이 아니라 기울려도
다시 자기중심을 잡고 똑바로 서는 힘은
파도를 먼저 이해하고 파도와 함께 움직이며

안을 채우고 밖과 어울리게 자신을 가라앉히는
중후하고 격조 높은 인격에서 나오는 것

저마다 선장으로서 주어진 인생을 밤낮없이 항해하는
고독하고 고단하고 타인* 같은 망망대해에서
하릴없이 인간은 누구나 상처받고 고통당하는 존재

날씨, 파고, 항로, 기관, 연료가 서로 맞물려 돌아가는
톱니바퀴 같은 갖가지 인간관계에서 닥치는 상처와 고통을
어떻게 딛고 넘어갈 것인가

순풍에 돛 단 듯 순탄히 가는 길에서도
느닷없이 암초에 부딪힐 때마다
무거운 실망과 좌절과 포기를 얼른 배 밖으로 내던져버리고

부표처럼 가볍게 일어서는 회복력을 어떻게 기르고,
선후, 좌우, 내외 강건히 균형을 이루는 면역력을
어떻게 유지할 것인가

수직과 수평이 만나 십자가처럼 직립하는 조화,
좌로나 우로나 치우치지 않는 중용을 견지하려면
어디에 무게중심을 두고 조종할 것인가

새로운 날은 새로운 길,
날마다 삶의 키를 잡고 그 낯선 바닷길을 가는
배꼽 성한 당신의 몫이다

* 장 폴 사르트르 : "타인은 지옥이다."

하염없이 사무치는

어쩌다 생소한 마을 십이지장,
기시감 감도는 고목길에 국밥처럼 들면
금방 아련히 들려오는,
가슴 후비는 소리

아침이면
선지장수 아주머니
"선지요, 선지요. 선지 사세요."

낮이면
엿장수 아저씨
"울릉도 호박엿, 맛있는 울릉도 호박엿이 왔어요."

저녁이면
찹쌀떡장수 젊은이

"찹쌀떡 사려, 메밀묵 사려."

지금은 가뭇없는 소리,
다시 들을 수 없는 그 고요 소리가
눈시울 시리게
귀에 여돌차다

거울 앞에서

서툴고 가파른 젊은 날을
깨진 옹기 맞추듯 달려오느라 애쓴
나를 본다

머리카락은 성글고
이마에 골은 깊고
눈은 흐릿하고
광대뼈는 튀어나오고
살갗은 꺼칠하다

거울에 비친 겉이 볼품없고
이면 같은 아픔마저 늘어가니
속으로 눈을 돌릴 수밖에 없는
이순에야 비로소

태초에 온 정성과 온 힘으로
하느님이 창조해 놓으신
선함과 아름다움을 본다

겉이 아니라 속에서 온새미로
사람의 선함과 아름다움을 볼 수 있는

선하고 아름다운 내 마음을 발견하고
눈가에 이슬이 맺히는
백로 아침이다

검은 도로

점호 시간, 이등병 관물대처럼 가지런하고
어른 키보다 높게 차곡차곡 쌓은

폐지가 빛 한줄기 샐 틈도 없이 가려
밀고 가는 수레, 한 치 앞이 안 보인다

메똥 봉분만 한 폐지로는
가면 갈수록 할아버지 앞길이 어두워진다

지렁이만 한 핏줄이 툭 불거진 뿌리 되어
종아리 아래로 뻗어가는 저녁

땀 차서 술찬히 미끄러운 고무신 벗겨지게
가까스로 생존을 버티는 깔끄막인데

폐지는 무겁고
지폐는 가볍다

산문

�֍

    한가위 이틀 전에 일어난 일이었다. 참깨, 들깨, 고추, 콩을 마당에 잔뜩 늘어놓고, 어머니가 큰방에서 넘어지셨다. 손목 뼈가 부러졌다. 어머니를 담양에서 광주 정형외과로 서둘러 모셨다. 그 정형외과에서 바로 손목을 수술했지만, 저혈압과 저혈당이 급습했다. 결국 몸 한쪽이 마비되어 어머니 뜻대로 움직일 수 없게 되었다. 회복할 가망이 없다는 의사 소견에 따라 어머니를 요양병원에 모셨다. 어머니는 다시는 집으로 돌아올 수 없다는 것을 직감하셨다.

    요양보호사가 자주 몸을 소독하고 곰팡이를 제거했다. 그런데도 종일 누워계시니까 등창이 생겼다. 자식들은 먹고살기 빠듯하다는 핑계로 어머니를 요양보호사에게 맡기고 들여다보는 일이 뜸해졌다. 어머니는 구월 중순에 입원하여 다음 해 오월 말에 돌아가셨다. 나는 어머니가 가시는 마지막 길에 배웅하지도 못했다. 그런 불효자를 어머니는 돌아가시기 며칠 전에 혼자 불러놓고서는 조용히 말씀하셨다.

"나 죽으면 큰방 부엌문 쪽 장판을 걷어 보아라. 너에게 줄 것이 없어서 미안하구나."

이십 년 남짓 먼저 가신 아버지 곁에 어머니의 주검을 묻고, 주인 없는 시골 빈집에 갔다. 어머니가 말씀하신 대로 큰방에 들어가 장판을 들춰보았다. 습기와 물에 젖지 않게 비닐로 싼 봉투가 있었다. 아, 내가 가끔 드린 용돈을 한 푼도 쓰지 않고 그대로 모아둔 지폐가 아닌가! 또, 민망하게도 봉투는 얼마나 얇은가! 어머니는 짠한 막내아들이 준 적은 용돈도 자기 자신을 위해서 차마 쓸 수 없었던 것. 어머니는 자신이 풍족하게 살지 못해 자식에게 충분히 물려줄 재산이 없어서 미안했고, 나는 내가 풍족하게 살지 못해 어머니에게 넉넉히 용돈을 드릴 수 없어서 죄송했다.

그러나 나는 안다. 어머니가 나에게 바라시는 일은, 돈이 많은 삶보다 건강하고 즐겁게 누리는 삶임을. 이것이 의미 있게 잘사는 일임을. 이보다 더 자식이 어머니를 즐겁고 영화롭게 하는 일이 있을까? 나 또한 내 자식이 돈을 추구하는 삶보다는 건강하고 즐겁게 삶을 누리기를 바라고, 가족들과 오순도순 살기를 바랄 뿐이다. 이것이 인간다운 좋은 삶임을 그가 알고 실천한다면, 용돈을 주지 않아도, 자주 찾아오지 않아도, 아비는 괜찮다. 더는 바랄 것도 없고 줄 것도 없다.

우리가 함께 사는 동안 사랑했던 일, 즐거웠던 일, 아팠던 일, 슬펐던 일, 고단했던 일, 골목길에서, 논밭에서, 이불 속에서 스치듯 함께 나누었던 소소한 이야기도, 지나고 나면 모두 아름다운 추억이 된다. 그리고 추억은 풍화되지 않는 비문처럼 애잔한 마음에 그리움으로 새겨져, 나이를 먹을수록 더욱 새록새록 되살아난다.

늙을수록 젊어지는 황혼의 말씀

어머니는 여자보다 굳세다
그러나 어머니보다 더 굳센 어머니가 풀이다

어머니가 조단조단 말씀하신다
씩씩거리며 풀을 뽑는 어린 나에게

"애야, 내가 팔순이 넘도록 논밭에서 김매고 살면서 해볼 수 없는 것 한 가지가 풀이란다. 이 세상 모든 풀을 거덜 낼 듯이 너처럼 우악스럽게 뽑다간 풀이 너를 먼저 잡아먹는다. 사람이 풀과 싸워 이길 순 없지. 풀도 산목숨이고 먹여 살릴 자식이 있고 대를 이을 후손이 있으니 함부로 막대하면 목숨 내놓고 대드는 어미 같지. 곡식 둘레 웃자라서 그늘을 드리

우는 풀만 사부작사부작 걷어내고 나머지는 더 뻗지 않게 다스리면 된단다. 여름 지나고 아침저녁으로 쌀쌀한 바람이 불면 억세고 사나운 풀도 제풀에 꺾여 사그라드니까. 애야, 사는 게 그렇단다."

  소쩍, 소쩍, 소오쩍, 노총각 소쩍새가 애처롭게 울어대는
콩밭에서
  오래 같이 살다 보니 당신 허리 닮아가는, 구부러지고 닳
은 호미를 놓고 일어선
  어머니가 서쪽 하늘을 바라보신다

  한가위 차례상에 오른 홍옥 같은 해가
  장성 갈재뫼 꼭대기에 걸터앉아 석룻빛 노을로 수채화를
그리는

박우현

2008년『녹색평론』『시에』『사람의 문학』으로 작품 활동 시
작하다. 시집『그때는 그때의 아름다움을 모른다』등이 있다.
bwh0210@hanmail.net

청설모에게

학산에서 오래간만에 청설모 만나다

멸종된 줄 알았는데 다시 만나 할애비 손주 보듯 반갑
구나

꼬리 하나 풍성하구나

몸 길이의 절반이다

나무 하나 참 귀신같이 잘 타는구나

원숭이도 하수일 듯

'도토리 줍지 마세요'라는 입간판을 보고도

싹쓸이하는 인간들이 얄밉구나

99마지기를 가진 자가 1마지기를 가진 자의 땅을 탐한
다더니

딱 그 꼴이구나

도토리라는 게 누구에게는 골라먹는 별미일 수 있겠
으나

누구에게는 목숨줄일지니

도토리 몇 개 땅에 살짝 묻는다
네가 찾아먹든지, 참나무로 자라든지
어쨌든 굶어죽지 말고, 배고픈 길고양이 조심하고
오래오래 살아남거라

어느덧

이 나라는 20세기 독일이 되었다

네씨는 영락없는 히씨가 되었다

살육의 피해자가 한푼 밑지지 않을 가해자가 되었다

제주도 5분의1 정도 크기라는 가자지구에

200만 명이 넘는 사람들을 몰아넣고서

대체 무슨 짓을 하고 있나?

그 업보를 어찌 다 감당하려고?

안네 프랑크가 저 별에서 매일 통곡하겠다

그들은 그들의 신으로부터 먼저 외면받을 것이다

이런다고 하마스 지도자 하씨처럼 암살하지는 않겠지?

케렌시아

학산 본봉 정상에 나의 케렌시아가 있다
연리지 굴참나무가 소담히 서있고
그 아래 늘 그네를 꿈꾸는 흔들벤치가 있는 곳

그곳에서
내가 가장 좋아하는 시간은
9월말 굴참나무 열매가
죽비소리처럼 탁탁 떨어질 때
말쑥하고 단단한 얼굴을 깍정이에서 내밀 때
멀리 앞산이 느긋하게 미소지을 때

시대의 탁류 속에서도
존재의 흔들림 속에서도
한점 아름다운 시간은 있다

우체국 가는 길

우체국으로 가는 발걸음은 풍선 같다.
연애편지를 보내는
시대는 흑백영화처럼 지나가 버렸지만
우체국 가는 길은 누군가에게 무언가를 보내다는 것
누가 증오와 미움을 보내기 위해 애써 그곳으로 가겠
는가.
자식에게 콩 한되라도 보내기 위해
시골에서 직접 농사지은 복숭아를 지인에게 보내기 위해
가을에 주은 알밤을 친구에게 보내기 위해
무명시인이 자기 시집을 누군가에게 보내기 위해
이렇듯 사람들은 그곳으로 간다.
보내는 만큼
돌아오지 않더라도
때로는 답이 없을지라도

지름길을 두고 에움길로 걸어가는
우체국 가는 길은 늘 별빛 같은 시간이었다

내가 좋아하는 여자

체념하고 기다릴 줄 아는 가시리 같은 여자
질투하고 원망할 줄 아는 서경별곡 같은 여자
"10리도 못 가서 발병"나라는 아리랑 같은 여자
"정든 님이 오셨는데 인사를 못해
행주치마 입에 물고 입만 방긋"하는 밀양아리랑 같은
여자
슬픈 사랑의 운영이 같은 여자
박씨부인같이 지혜롭고 호연지기가 있는 여자
춘향같이 적극적이고 치열한 여자
그리고 이생규장전의 최랑같이 죽어 귀신이 된 여자

하나같이 씀바귀처럼 귀엽고
괭이밥마냥 사랑스럽다

그렇다고

내가 시대를 거꾸로 사는 건 아니겠지요?
내가 마초는 아니겠지요?

꽃 없는 산

꽃 없는 산도 산인가

학산에 꽃이 사라진다

학산이 공원화 되면 될수록 야생화는 사라진다

사람이 뿜어내는 인독人毒과

밤새도록 켜져 있는 전등이 꽃을 떠나보낸다

쑥부쟁이, 이고들빼기, 구절초, 패랭이꽃, 까치깨…

갈수록 보이지 않는다

산 초입 입간판에는 '건강과 행복 지킴이 학산'이라는데

사람과 개는 늘어나는데

더 이상 꽃이 없다

봄보다 꽃이 많은

여름, 가을이 되어도 꽃이 없다

나의 첫

국민학교 시절 어느날이었으리
이병놀이 하면서
먼 길을 돌아 돌아 동네에 도착했더니
저녁 어스름도 지나
같이 놀던 아이들은 다 집에 돌아가 버리고
어른 키만한 아주까리만 어둠 속에서 바람에 흔들리고
있었다
나의 첫 외로움은 그렇게 왔으리라
긴 한숨과 함께 아주까리 가지에 걸렸을 것이다
내가 알게 된 첫 식물 이름도 아주까리였을 것이다
집으로 터덜터덜 걸어가던 어둡고 긴 골목길
그때 아들 찾아나선 엄마는 날 보고
웃었던가 화를 냈던가

그 길은 오래전 사라졌지만
그 첫은 내 핏줄 속에 여전히 살아있네

달개비꽃

8월 산 길섶 접어드니
달개비 푸른 등 들고 날 반기네
나도 화답한다
너의 그 꽃이 지금보다 두 배만 컸더라면
세계 꽃의 역사가 바뀌었을지도 모른다

좀비영화 하나 돌아간다
지록위마指鹿爲馬와 양두구육羊頭狗肉이 다시 유행하는
시절
돼지국밥에도 있는 품격이
1도 없는 자가 좀비가 되어 오야붕질을 한다
윤똑똑이들이 판을 친다
미친 개들이 날뛴다

가장 낮은 자리에서 어둠을 밝히는

바리데기 같은 꽃이여
이름이 천賤하다고 사람이 천하겠는가
이름이 천하다고 꽃이 천하겠는가
망이, 망소이의 푸른 피 같은 꽃이여

산문

�֎

2024년 여름은 너무 길고 너무 더웠다. 5월부터 9월까지 무려 다섯달이 여름이었다. 폭염이 계속 이어졌다. 내 평생 최고로 더운 여름으로 기억된다(내년에 바뀔지도 모른다). 이번 여름에 생각나는 것은 폭염과 열대야 그리고 배반의 처서(대구 처서 온도가 27도~35도였다)정도인 것 같다. 입추立秋, 처서處暑의 의미가 무색無色해졌다.

정말 짜증나는 여름이었다. 지구온난화를 실감한 여름이었다. 이젠 에어컨 없이는 살 수 없는 여름이 된 것 같다. 하지만 다 아는 것처럼 이건 에어컨으로 해결될 수 있는 문제가 아니다. 더우면 에어컨을 틀고, 에어컨을 틀면 대기온도가 상승되어 더 더워지고 이런 악순환이 발생할 뿐이다. 원전으로 해결될 일은 더더구나 아니다. 앞으로 이런 현상이 지속되거나 악화될 것임은 불을 보듯이 뻔한 것 같다. 과연 우리는 이 문제를 어떻게 해결할 수 있을까?

이번 더위의 원인으로 여러가지를 들 수 있겠지만 그 밑절미는 기후변화로 보인다. 최근에 나온 『한국인의 기원-아프리카에서 한반도까지 기후가 만든 한국인의 역사』 저자인 박정재 서울대지리학과 교수는 "한반도인 이합집산의 근본 원인은 기후변화, 즉 주기적인 기후변화가 '한민족'을 만들었다"고 주장하고 있다. 그 주장은 과학적인 고증과 합리적 추론이 조화를 이루고 있어 충분히 설득력이 있어보였다. 인류나 한반도의 미래 모습의 키도 바로 이 기후변화에 달려있다고 보는 것이 타당할 것이다. 이대로 계속 가다가는 인류의 미래는 암담해보인다. 하지만 인간들은 정신을 못차린 채 전쟁이나 하고 모든 나라는 국익만 생각할 뿐이다. 지구 온난화는 이제 전지구적 재난으로 시전示展되고 있는데 인간들은 청맹과니가 되어 보고도 그 심각성을 느끼지 못하고 있다. 기후변화나 코로나도 지구의 자구책, 살기위한 몸부림, 경고인지도 모른다. 이 경고는 인류 대재앙의 예고편이 아닐까?

한국은 원전, 탄소중립, 재생에너지, 물관리 이런 분야에서 후진성을 면치 못하고 있는 실정이다. 심지어 기후악당으로 불려진다. 부끄러운 일이다. 지금 정권의 정책이 계속되다면 머잖아 우리는 경제면이나 환경면에서 심각한 위기를 맞을 수 있다고 생각된다. 정책과 사고의 대전환이 시급히 필요해보인다. 시간은 없는데 거꾸로 가고 있는 정책을 보고 있노라면 참 걱정스럽고 통탄스럽다.

가을이 와도 기쁘지가 않다. 내년 여름을 생각하면 공포스럽다. 올해보다 더 더울 확률이 충분히 있기 때문이다. 그 다음해 여름은 더울 확률이 더 높을 것이다. 지구에 대한 인간들의 생각이 근본적으로 바뀌지 않는다면 우리는 해마다 더 더운 여름을 맞이할 것이다. 인간은 150년 뒤 지구에서 사라진다는 견해(이정모 교수)도 있다. 나쁘지 않다. 괜찮다. 인간은 아름다운 별 지구에 살 자격이 없다. 한국에 살 자격이 없는 인간들이 있는 것처럼. 이런 생각까지 든다. "이번 여름이 앞으로의 여름 중 가장 시원한 여름일 것"이라는 말이 올여름 조용히 회자되었다 한다. 이 어찌 두렵고 우울한 말이 아니겠는가! 이 말이 제발 실현되지 않기를 간절히 기원할 수밖에.

송창섭

1990년 『마루문학』, 1992년 『대통령 얼굴이 또 바뀌면』에
시를 싣다. 시집 『새는 수행을 한다』, 산문집 『삶을 뒤적이
다』가 있다. 현재 길을 걸으며 사색하는 삶을 살고 있다.
schss@hanmail.net

감은 거저 떨어지는 게 아니다

지붕을 거쳐 돌담에 부딪는 소리

후두둑 툭 턱

어둠을 터는 소리

잠 못 들게 하는 소리

깨닫지 못해 바동거리는 소리

거기 매달려 있었구나

온몸을 던져

지구를 밀어 올리려고

잎이 나지 않는다고 해서 나무가 아니라는 말은

햇살이 눈꺼풀을 씀벅거리고

애벌레가 낮은 배밀이를 한다

바람의 배설물이 주변으로 나뒹굴고

새들이 나뭇가지에 걸려 파닥이는 시각

생목生木의 울음소리 간간이 들리고

멧비둘기 힘겹게 호흡하는데

잎이 나지 않는다고 해서 나무가 아니라는 말은

법도 아니고 정의도 아니다

텃밭을 떠도는 먼지 같은 풍경

밤새 정적과 평온으로 가득했던 울 안

텃밭에서 흙 묻은 낫을 든다

보이지 않게 비행하는 소문이나 먼지들 사이로

슬픈 긴장감이 애틋하다

낫 쥔 손과 풀 우듬지 사이로 바람 소리 팽팽하고

굼벵이 제 몸 이울고 이름 모를 벌레들 허둥거리는데

어디론가 날던 새가 점으로 찍히는 에너른 하늘

레론도 비치Rerondo beach

파도는 눈송이를 먹으면서 조금씩 비린 화석으로 변했다

고쟁이로 가린 살갗은 묵은 햇살 아래 하얗게 피어나고

넓은 등짝에서 빚어내는 결의 몸부림은 물비늘 되어 말
랑거리는데

저물손 옅은 빛을 씹어 넘기는 갈매기 떼의 꾸밈없는
비행

정점을 찍고 미끄러지듯 밀려왔다 밀려가며 되새김질
하는

아쉬움도 흔한 아픔도 무던히 서성이는 곳

초겨울

장독대가 있는 마당

추위가 닥친다

손 모아 입김을 넣는데

길 옆 철조망은

어느 틈에 눈꽃을 피우고

짐승들 발자국과

흩어진 나무껍질의 잔해들

찬바람에 내몰린다

낙타가 없는 사막에서

- 조슈아트리내셔널파크Joshua Tree National Park

사막으로 떠나기 전 노후한 잎새를 만진 일이 있었다

기억나지 않는 것들은 다 버림받은 일이 되었고

팍팍한 땅에서 가장 먼저 떠올린 건 오두막집을 짓는 꿈

그럴 때마다 햇볕에 그을린 유목민들의 우수憂愁가 발
길에 차였다

모래 언덕을 뚫고 나뒹구는 구름 같은 적막함

견디기 어려운 우수가 어떤 것인지

사막은 볼 수 있는 것과 볼 수 없는 것들을 아우르지만

어쩌면 낙타는 고고학에서나 살고 있을지 모른다

소몰이살피길

돌 하나를 줍는다 주운 돌을 보다가 가만 놓는다

또 하나를 줍는다 주운 돌을 만지작이다가 곁에 내려
놓는다

하나씩 놓은 돌이 야트막하게 쌓여 서로를 결속한다

돌과 돌은 돌무더기가 되어 힘을 갖는다

인간들은 돌의 힘을 지배하려 나댄다

돌은 제자리에 있지 못하고 이곳과 저곳을 나눈다

본디 돌의 힘은 경계에 있지 않지만 기어코 하나를 둘
로 가른다

살피로 살아야 하는 게 주운 돌의 운명이 되어 버렸다

인간들은 살피를 따라 언덕을 오르내렸다

꼴을 먹이려 소도 끌고 다녔다

인간과 소가 뒤엉켜 차곡차곡 돌처럼 발자국을 쌓았다

살피에 얹힌 발자국을 따라 길이 생겼다

이랴, 소를 몰고 먹이 찾아 땀 흘렸던 길

　사람들은 시방도 대대로 소몰이하던 살피길이라 수군
거렸다

　길은 그렇게 다랭이마을의 전설이 되었다

개천 놀이터

- 1960년대 마포의 동사무소에서는 가끔 방송을 통해 가정마다 밀가루를 한 포대씩 배급했는데 덩달아 길게 줄을 서서 기다리는 엄마 등에 업힌 아이 엄마 손잡고 온 아이에게는 건빵 한 봉지를 노나 줬다 마침 동네 아이들 개천에 몰려 놀고 있을 때 동사무소 옥상의 확성기가 우렁찬 노랫소리를 내뿜었는데 그 소리 어찌나 요란스러웠던지 귀청이 떨어질 지경이었으니… 새치기하는 놈은 건빵 안 준다 일하는 즐거움을 어디다 비기랴…

마을 가운데로 차가 달린다

아이들은 달리는 차의 뒤꽁무니를 쫓는다

까만 매연을 마시면서 낄낄거리는데

멀리 차가 사라져도 아이들의 흥은 식지 않는다

이런 즐거움도 귀했던 유년 시절

마포 종점의 놀이터

길옆으로 좁다란 개천이 흘렀고

개천 진흙 벌 속에는 미꾸라지가 희번덕거렸다

학교 파하고 돌아오는 길에

다리를 걷어올리고 벌로 뛰어들어서는

등때기 상판때기 죄다 진흙탕으로 버무렸는데

고새 종아리는 따끔거렸고

허겁지겁 개천을 올라와 물을 끼얹으니
다닥다닥 붙어 피를 빨아먹는 거머리 몇 마리
잡아 패대기치는 것도 놀거리였다

진흙 발림으로 떡 된 몰골은 엄마의 꾸중 소리를 걱정
했지만
소갈머리 없는 아이들 서로 손가락질하며 해죽거렸던 건
바께쓰통에서 대가리 쑤셔 박고 온몸으로 밀쳐대는
그 놈의 미꾸라지 보는 재미가 쫀득했기에

✳

삶터에서 머지않은 곳에 조그마한 밭뙈기가 있습니다. 밭에서 김매기하고 이랑 고랑을 만듭니다. 삽질을 하고 괭이질을 하고 돌을 고릅니다. 늘상 출근하다시피 해서 일을 한다면 흙과의 친숙함으로 힘이 조금은 덜 들겠지요. 그러지를 못한 까닭에 서너 시간 일하면 그만 지쳐서 쩔쩔맵니다. 더욱이 쪼그리고 앉아서 꼼지락거리는 건 왜 그렇게 허리가 욱신거리는지, 잠깐 하다가도 일어나서 끙 허리를 펴고 주무르고, 또 일어나서는 끙 허리를 돌리고,를 몇 번이나 되풀이합니다. 바닥에 퍼질러 앉아서 하는 작업은 남성에 비해 여성이 월등히 낫습니다. 남성의 신체에 구조적 결함이 있음을 용인할 수밖에 없습니다.

지난해에는 밭을 올바르게 돌보지 않아 잡초가 엄청났습니다. 어른 키보다 웃자랐으니 이웃 사람들이 쑤군덕거리며 흉을 보아도 대꾸할 수가 없는 지경이었습니다. 일을 미뤘다가 한꺼번에 몰아서 한 경험이 있다면 느낄 겁니다. 하기도 귀찮고 힘이 몇 배나 드는 걸 말이지요. 그렇다고 누가 대신 해 줄 사람이 있는 것도 아닙니다. 예초기로 베면 어렵지는 않으리라 여겼는데 막상 해 보니 문제가 간단치 않았습니다. 눈대중으로 풀의 길이를 삼등분했습니다. 윗부분부터 좌악좌악 치기 시작했습니다. 한참을 지나 가운데 부분을 똑같이 좌악좌악 쳤습니다. 온몸이 땀으로 범벅이 되었습니다. 어깻죽지가 저리고 옆구리가 쑤셨습니다. '하늘은 스스로 돕는 자를 돕는다.' 했으니, 달랑 물 한 모금 마시고는 계속해서 예초기를 돌렸습니다. 밑동까지 마저 자르고 나니 맥이 풀렸습니다. 제초매트 위에 몸을 뉘었습니다. 하늘의 빛깔이 감노랗습니다.

5월에 고구마 모종을 세 이랑 심었습니다. 고구마호미를 쓰는데 일이 빨라 효율적이고 재미가 있습니다. 이랑에 북을 돋워 한 곳은 비닐로 바닥덮기를 했고 두 곳은 한데에 심어 노지 재배를 했습니다. 고구마는 생명력이 강해 어지간한 가뭄에도 끄떡하지 않습니다. 물줄기를 찾아 뻗어나가는 솜씨가 흙속 탐사의 명인이라 해도 지나침이 없습니다.

여름이 찾아왔습니다. 바깥에 나가기가 무섭다 할 정도로 된더위는 혹독했습니다. 사람이 이 지경인데 가축과 밭작물은 오죽하겠습니까. 그렇게 8월이 되었을 때 이번에는 밭의 다른 이랑에 배추 모종을 심었습니다. 110주를 심었습니다.

뿌리에 딸린 흙이 떨어져나가 부실한 놈들이 몇 있었습니다. 예년과 달리 좀 더 깊은 관심을 갖고 잘 다듬어 멋지게 배추를 키워야겠다고 다짐하고는 일주일에 3-4일은 물을 날라다 줬습니다. 우리 밭에는 물이 없어 이웃한 집에서 한동안 얻어다 썼습니다. 하루는 이웃집 주인이 마을에 물이 부족하다며 사용을 자제해 달라는 말을 전했습니다. 도리가 없었습니다. 당장 급하니 2L 물통 두 개를 바로 구입했습니다. 물을 담아 싣고 나르고 하는 일이 처음에는 귀찮기도 했지만 밭작물을 생각하면 기꺼이 기쁘게 해야 할 일이라 여겼습니다. 그렇게 물을 주며 잘 자라라 격려의 말 또한 잊지 않았습니다.

며칠이 흘렀습니다. 이웃집의 그것과 달리 우리 배추는 말라 죽거나 산 것들도 제대로 크지를 못했습니다. 게다가 산 것들 잎에 자잘한 구멍이 많이 생겼습니다. 그래, 벌레 너희도 생명체니만큼 살아가려면 너희도 좀 먹어야지, 여기고는 또 몇 날이 지났습니다. 우리보다 늦게 심은 마을 어느 집의 배추 그리고 밭뙈기의 앞집 배추는 그 사이에 무럭무럭 컸습니다. 우리 배추는 갈수록 곯은 듯 비실거렸습니다. 그렇다고 주눅 들 필요는 없겠고 정성을 다하자 마음먹었습니다. 배추 속을 헤집어 들여다보니 어이쿠, 배추벌레들이 오글오글 모여서 생장점인 속살을 마구마구 갉아먹는 게 아니겠습니까. 공생까지는 좋았지만 너무했다는 생각이 들었습니다.

약을 뿌리는 대신 손으로 벌레를 잡았습니다. 며칠 해 보니 벌레와의 씨름은 끝이 없었습니다. 어릴 적부터 논밭을 뒹굴 었던 진짜 농사꾼 후배는 말했습니다. 아침 점심 저녁 하루 에 꼬박 세 번씩을 잡아도 벌레는 끊임없이 생긴다고요. 그 랬습니다. 그렇더라도 약을 치고 싶지는 않았습니다. 안 되 면 쌈배추로 먹으면 되지, 걱정거리는 아니었습니다. 이후 배추 씨앗도 뿌리고, 품절 현상을 빚었던 배추 모종도 뒤늦 게 나온 놈들을 30주 추가로 사서 심었습니다. 지금부터는 어리석은 욕심을 돌려세우고 하늘과 흙과 바람의 흐름을 따 를 뿐이었습니다.

9월 중순, 고구마를 하나씩 캐냈습니다. 뿌리를 들어올리 면 적게는 네댓 개, 많게는 열 개 너머 딸려 나왔습니다. 고 구마 거두는 재미가 쏠깃했고 고구마 줄기를 따는 맛도 상큼 했습니다. 이웃에 조금씩 나눠 주니 좋아라 합니다. 그런 모 습을 보는 것도 소박한 즐거움이었습니다. 흥미로운 점은 비 닐 덮은 이랑의 고구마는 씨알이 굵고 크며 한 뿌리에서 나 온 개수가 많았고, 노지 재배를 한 이랑의 고구마는 크기가 작고 개수가 적었습니다. 머금고 있는 수분의 양에서 차이가 생겼구나 짐작했습니다. 어쨌거나 크든 작든 다 고구마요 귀 한 손님이었습니다.

시월 말 찬바람이 불어 어느새 두터운 옷에 손길이 갑니다. 다시 배추를 살폈습니다. 상태가 쪼금 나아졌지만 다른 집 배추와의 격차는 더 벌어졌습니다. 하지만 이만큼 자라 준 것만으로도 대견스러웠습니다. 제대로 관리하지 못한 잘 못 그리고 세심한 배려와 따스한 손길의 부족은 많은 사연 들을 가슴에 남겼습니다. 토마스 제퍼슨은 '쓸모없는 실패는 없다.'고 했습니다. 에디슨은 축전기를 발명하기까지 무려 2 만 번의 실패를 거듭했다고 밝혔습니다. 경험은 실패했든 성 공했든 모두가 중요한 자산입니다. 고구마 거두기는 끝났고 배추 키우기는 진행 중입니다. 지난 시간 지난 공간들을 되 새기며, 사람과 동물과 마찬가지로 흙과 친해지기, 밭작물 들 정성으로 헤아리기에는 참된 마음으로 다가가야 함을 새 삼 깨쳤습니다.

신탁균

1990년 인하문학상, 1992년 황토문학상, 비령문학상 등의
대학문학상을 수상하며 작품활동을 시작했다. 국어 교사
퇴직 후에 독서와 산책을 즐기며 시를 쓰고 있다. 시집『저
녁 강을 서성이다』등이 있다.

shintak@hanmail.net

마음 액자

　강물이 도착한 마음의 바다에 푸른 섬을 두 개 그립니다
마주한 그리움은 풍랑을 이길 것이기에 작은 배들이 어깨
를 맞대고 누워있는 선착장 방파제 끝에는 빨간 등대를 세
웁니다 생각을 재우는 파도 소리는 늘 들을 수 있도록 몽
돌 해변에 갈매기를 불러 모읍니다 먼바다가 잘 보이는 산
정상으로 길을 내고 돌아오지 않는 이름들을 일몰 속에 새
겨 놓는 것도 잊지 않겠습니다

가장 아름다운 기도

오가는 시선은 아랑곳하지 않고

엄마가 공원 벤치에 앉아 아기를 포근히 감싸 안고 젖을 주고 있다

아기는 고사리손을 오므렸다가 펴면서 엄마 젖우물을 잡고 오물오물 빨며

눈은 엄마의 눈을 맞추고 코는 엄마의 냄새를 맡고 귀는 엄마의 심장 소리를 듣는다

엄마의 배꼽과 아기의 배꼽이 서로 맞닿는

두 개의 몸이 본래의 하나로 다시 돌아가는 원초적인 포유류의 시간

신의 젖줄을 읽는 거룩한 시간에

세상에서 오직 하나만을 위해 기도하듯

아기에게 젖을 주고 있다

그림자의 집

홀로 선 것 같은
독립기념관의 문은 열렸으나

철창처럼 독립을 포위하고 있는 외세의 그림자에 갇혀

벽에 걸린 얼굴들이 돌에 박힌 이름들이 침묵 속에서
묻는다

이 집이 아직도 묶인 채 서 있는 것은 아닌가

평화 21

북풍에 휘어진 겨울나무 뼈대에 활줄을 걸고
봄날의 그리움을 힘껏 실어 겨울의 심장으로 쏘았더니
겨울의 하얀 장막 뒤에 숨어 있던 동백꽃 붉은 마음이
문을 연다

평화 22

산자락에 안기듯이 누워 계신
엄마의 엄마 팔베개쯤 되는
산소 옆 작은 산밭에서

엄마와 딸이 냉이를 캔다

달보드레한 맛이 도는 봄마중처럼

평화 23

공중에서 지상으로 시간을 표표히 소요하는 등꽃처럼

마을 공원 등나무 아래 의자에 앉아 오후를 소일하던
할머니
유치원 차에서 내린 어린 손을 잡고 요리조리 흔들면서
집으로 걸어간다

하루를 걸어 저녁에 도착한 노을이 골목길을 밝히고 있다

평화 24

날지도 못하는 아기 제비 한 마리
둥지 잃고
길가 보도블록 위를 기우뚱거린다

엄마 손을 잡고 걷던 아이가 엄마랑 같이 종이 박스로
아기 제비의 둥지를 만들고

잠시간
아이가 아기 새의 보호자가 되고 있다

제주 섬을 가로질러 한 시간 차 몰고 나타난 구조대 아
저씨의 손에서 얼마 동안 살아갈 제비는

계절이 바뀌면
구천이백 킬로 열도와 바다를 비행해 새로운 둥지를 찾
아갈 것이다

평화 25

진압군이 겨눈 총구에 꽃 한 송이를 꽂듯

하나의 촛불을 켰다

양심처럼

몇천만 시민을 깨울

들불처럼

구중궁궐 권좌에서 왕이 물러나던 날의 무혈 혁명은 그
렇게 처음 시작되었다

산문

✻

봄, 강아지 한 마리가 외양간 토담에 쭈그리고 기댄 채로 소르르 졸고 있다. 봄잠을 슬며시 지나온 바람이 산기슭 보리밭에 이르러선 푸른 소리를 낸다. 시원한 파도 밀려오는 소리, 파도가 바위에 부딪쳐 솟구치다 스러지고 다시 수평선이 되어 쓸려가는 소리, 가슴 울렁이는 소리, 순간 높이 날아오르면서 삐르르삐르르 캬아캬아 쓰이쓰이 류우류우 세력권을 선언하는 종다리의 소리, 삘릴리삘릴리 보리피리 불며 산바람이 부는 곳으로 간다. 쑥 냉이 씀바귀 돌나물 멍석딸기 까마중 싱아 제비꽃 할미꽃 민들레 개망초 엉겅퀴 꽃다지 골무꽃 달개비꽃 달맞이꽃 꿀방망이 강아지풀 쑥부쟁이 도둑놈풀… 풀은 풀로 꽃은 꽃으로 저를 다스려 생을 일구고 길은 길을 만나 높은 곳에 가는구나. 길에 몸을 맡겨 가다 보니 산비탈 속이다. 사방이 두견꽃 천지다. 진분홍빛 꽃향기에 내가 취한다. 취한 채로 흙이 되고 싶다. 흙이 되어 꽃을 틔우고 싶다. 두견새가 우는구나. 중국 촉나라의 망제 두우의 넋

이 여기까지 와서 눈물 뿌렸구나. 저기 남편 순정공을 따라 가는 수로 부인 보인다. 수레를 멈추고 소를 몰고 가던 한 노인 헌화하는구나.

여름, 총총한 잔별이 소쿠리째 쏟아지고 젖살 같은 달빛이 둔덕에 자리한 원두막으로 스며들었다. 수박 참외 오이 가지 토마토 옥수수, 달빛 머금은 잎새, 영그는 열매, 달빛 아래 한낮의 일을 내려놓고 쉬고 있는 농부에게 안식이 깃들기를. 여름밤은 짧았다. 날이 밝고 아이들은 개똥참외 몇 개씩 들고 냇가로 간다. 냇가의 모래는 따사로웠다. 남자아이들은 옷을 벗어 던지고 물에 뛰어들고, 여자아이들은 옷을 아까시나무에 걸쳐 놓고 물가에서만 헤엄치다가 자기들만 거할 보금자릴 틀 듯 반짝이는 모래로 두꺼비집을 짓는다. 짓궂은 남자아이가 맘에 드는 여자아이의 옷을 감추고, 끝내 그 아인 울고. 그 아이는 미군에게 미국으로 시집간 후 소식을 끊었는데 지금은 어디에서 무엇을 하며 살까?

가을, 아이들의 손도 한몫하는 가을 추수, 구릿빛 어깨가 저만치 벼를 베어 갈 때 아이들은 자기 몸집만 한 볏단을 날랐다. 쉴 참엔 논바닥의 우렁이를 캐어 호주머니 가득 아이들도 자기네 고유의 일용할 양식을 거둬들였다. 쓱싹쓱싹 재

빠른 손놀림, 낫날의 번쩍임, 들은 점점 자기 안을 비우면서, 청명한 가을 하늘과 시원한 바람, 노동의 맑은 숨결로 스스로를 정위치에 세우노니, 풍요로다! 이 순간만큼은 그 무엇과도 바꿀 수 없는 풍요로다!

겨울, 눈이 와! 펑펑 함박눈이 온다. 장작 쌓인 마루 밑 몸 풀은 누렁이가 꼬리를 흔들고, 금세 눈은 앞마당 대추나무 발목을 적시면서 백설 나라 꿈을 꾸게 만들었다. 하얀 산, 하얀 들, 하얀 집, 그 하얀 집을 지키는 하얀 눈사람. 뒤란의 탱자나무 어깨를 타고 흐르는 굴뚝 연기마저 하얀 마을에는 오순도순 밤이 찾아 들고, 농부의 밤 기도는 문풍지의 바람을 잠재웠다. 아침 햇살이 눈 내린 산자락을 타고 구르는 아침, 반짝이는 세상 꽁꽁 언 냇가, 아이들의 놀이터로 하얗게 꾸며진 세상에서 아이들은 썰매를 타고 연을 날린다. 연이 새가 되어 산 너머 멀리 사라지는 동안, 어떤 아인 고개를 떨굴 줄을 몰랐고 어떤 아인 쥐불을 놓았다. 마른 들풀, 삭은 나뭇가지, 탁탁 튀는 불더미 속으로 눈길이 멈칫 머무는 동안, 참새처럼 연신 종알대던 겨울 아이들은 잠시 말을 잊고 무엇을 골똘히 생각하는가. 점심 끼니 굶는 배고픔은 알았으되 가난은 모르는 아이들, 무료했던 아이들은 돌을 들어 물길 얕은 얼음장을 깬다. 겨울나는 물고기와 한판 씨름을 벌이다가 산마을로 귀가하는 한겨울의 하루.

꿈-길, 도시의 환영 뒤로한 채, 새벽녘 유년의 고향 마을을 꿈길인 듯 생시인 듯 걷는 한 사내가 있다. 먼 기억 속 아스라이 떠오르는 옛길 속으로, 추억 속으로.

이학우

1980년대 『율문학회』와 『한누리문학회』 동인으로 작품 활동을 시작했다. 지역독서모임(작심한달, 프로네시스)과 문학활동(충남민예총)에 참여하고 있다. 시집『가벼운 오후』를 발간했다.

tjbluselee@naver.com

쌀을 씻으며 I

손가락 두 번째 마디에

어머니는 밥물을 맞춘다

곯은 배를 채우는

행복 지수다

충만의 눈금이다

쌀을 씻는다

두 번째 마디 주름 위

찰랑이는 물

어머니 얼굴

아른하다

쌀을 씻으며 II

속뜨물마저 비워 내면

맑은 물 아래

가지런히 잠긴 쌀

고요하다, 평화롭다

깊이와 너비의 조화

조래미를 돌린다

격랑의 소용돌이에 쌀이 빠져 든다

한 톨 남김없이 뜨고

돌만 남기는

까막눈이 어머니

중학교 과학 교과서에 실린

중력의 법칙, 원심력 원리

알지 못해도

한식구 배불리고, 등 따숩게 하는 데

제쳐 놓을 사람 없다

딸의 동화 童話

밤하늘엔 별들이 반짝이고, 등대불이 어두운 밤바다를 환하게 비추고 있는 앞표지를 넘기면, 들판엔 풀과 꽃들이 피어 있어요. 새들과 동물들이 풀밭에서 이야기를 나눕니다. 토끼는 두 귀를 쫑긋 세워 듣고 있네요. 한 장을 더 넘기면, '제비꽃아, 어디 있니?' 제비꽃 찾는 소리가 어디선가 들리네. 다음 장에는, 꼭대기에 하얀 눈이 쌓여 있는 산으로부터, '조금만 기다려줘. 만나게 해줄게.'하는 목소리가 들립니다. 궁금해서 다음 장을 넘겨 봅니다. 봄바람이 산등성이를 넘어 골짜기를 타고 내려옵니다. 계속해서, 한 장 한 장 연이어 넘깁니다. 냇물을 건너다 목이 마른 봄바람은 물을 마시며 목을 축입니다. 물을 마시고 나니 가쁜 숨이 잦아드네요. 고개 돌려 먼 산을 바라보던 봄바람은 다시 발걸음을 재촉합니다. 오월의 청보리밭에 보리이삭을 스쳐 지날 때, 사그락 사그락 소리가 납니다. 다랭이논에 어린모는 간지럽다고 까르르 웃습니다. 드디어,

봄바람이 들판에 도착했습니다. 봄바람이 제비꽃의 어깨를 토닥여 줍니다. 등도 쓰다듬어 줍니다. 그러자, 제비꽃이 눈을 떴습니다. '안녕, 제비꽃. 만나서 반갑다.' 풀과 꽃들이, 새들과 동물들도 키 작은 제비꽃과 눈을 맞추며 '아침 햇살에 눈이 부시거나 석양 노을에 볼이 발그레 물들 때, 너의 이야기를 들려다오.'라고 말합니다. 제비꽃이 앞으로 펼쳐 나갈 이야기가 무척 궁금합니다. 다음 장의 이야기는 언제나 내가 써야 합니다.

Ecce Homo*

어덕마을 언덕을
몸집보다 대여섯 배
몸무게의 두어 배
폐지 실은 손수레를 끌고 넘어
수뱅이길로 접어드는 늙은 여자

뒤를 따르는 개 서너 마리, 힘없이

출근길 막힌 차
성난 군중들
치워버려

* Ecce Homo: 에케 호모 또는 에체 오모. 요한 복음서 19장 5절에 나
오는 라틴어 어구. 폰티우스 필라투스가 예수를 채찍질하고 머리에
가시관을 씌운 뒤 성난 무리 앞에서 예수를 가리키면서 말한 대사이
다. 의미는 '이 사람을 보라'이다.

치워버려

비웃는 제복 입은 자들의 거수 경례
I wish you all good morning!
Have a nice day!

글깨나 읽었다는 作者들,
It couldn't be better than today!
시 쓰고, 춤이나 춥시다

어느 날부터
어덕마을에서 수뱅이길로 넘어 가는 언덕에
여자와 개들은 보이지 않고

빌어먹을 자본주의

Good luck!

우라질 탐욕의 헛바닥

Good luck!

옹기종기

햇살 좋은 날
옹기종기 모여
반짝입니다

배를 잔뜩 내민 덩치 큰 장독
꾀죄죄한 차림새에 조막막한 애송이 종지
작달만한 몸매에 어깨 넓은 못난둥이 항아리
앞태, 뒤태 다 예쁜 꽃병이든
토라진 듯, 입을 삐쭉 내민 말끔한 찻주전자면 어떤가요
모여 있으니, 더 바랄 것 없이 좋습니다

태어나 자란 저마다의 사연이 궁금하면
톡톡 두드려 보세요
속마음 감추지 못하고
비어 있어 맑은 소리로, 답을 하거나

자고 있어, 조용하지만
한 사나흘쯤 지나면
긴 하품에 기지개 켜고
곰삭은 장을 담았노라 대답하며 깨어 날겁니다

함박눈 내려 소복이 쌓인 겨울밤
가만히 귀 기울이면
귀청 떨어질 듯 코고는 소리
새근새근 애기 숨 쉬는 소리
잠 못 들어 긴 한숨 소리
바람에 실려 들려옵니다

나는 옹기입니다
당신은 종기입니다
그래서 우리는

옹기종기 모여 있어
보기에도 아름답습니다
세상사, 그래야
행복합니다

禁줄

세이레, 일곱이레 들지 마시라

하늘이 하는 일

땅이 하는 일

이 보다 더 福될 수 없으리다

사람이 하는 일 중에

어찌 이 보다 더 貴할 수 있으리오

그러하니

人줄 보시거든

마음 기꺼이

오시던 발걸음 가벼이 돌리시라

오로지

밝은 빛만 비추고

맑은 물만 흐르며

그윽한 향기만 풍기고

정결한 소리만 들리어라

하여

태어남을 알리는 禁줄 보시거든

바르고 삼가는 생각에만 잠기시라

따뜻하고 간절한 마음만 품으시라

가족사진

가진 것 하나 없어 보여도
모든 것 다 갖고 있는

모두 다 웃고 있건만
한동안 보고 있노라면
나도 모르게
눈물 날 듯

지나 온 세월
수많은 사연
해 준 것 하나 없는데
잘 자라서 고맙구나

먼 훗날
마지막 잠자리에 들거든

따순 햇살 한 줌과
가족사진 한 장
가슴 깊이 넣어다오

잊지 않았습니다
- 세월호 참사 10주기에 부쳐

이 천 십 사 년 사월 십육일
밤하늘엔
삼 백 네 개의 별이
새로 돋았고
사람들의 목울대에
울음주머니
볼록 솟았다

눈 감고 들어 보라, 별들이여
내 아이를
내 형제자매를
내 제자를
내 친구를 부르며
잊지 않겠다고
기억하겠다고

피눈물 흘리며 우는 울음소리를

고개 들어 밤하늘을 보라, 사람들이여
먼저 가서 미안해요
저희들 없어도 너무 슬퍼 마시고
행복하게 사셔야 해요
삼 백 네 개의 별들이
차가운 밤하늘에 따뜻하게 수놓은
위로의 사연을

오 오
어둠을 거두리라
촛불을 밝혀 거리에 나섰다
어린 생명들의 희생을 욕보이지 마라
천막농성에 곡기를 끊었다

원인과 책임을 규명하라

팽목항 검은 바닷물 위에 뜨거운 눈물 떨구며

나팔꽃 모양으로 두 손 모아 입에 대고 소리친

우리들의 함성과 절규는

끝내, 진실의 메아리로 돌아오지 않았다

음흉한 자들의 더러운 왜곡의 비명으로 돌아왔다

사악한 자들의 검은 그림자 뒤 거짓으로 돌아왔다

아아, 하늘의 별들이여, 맹세하노라

설움과 절망을 넘어

진실을 밝히리라

뜨거운 심장의 울림으로

진실을 밝히리라

영원한 순수의 사랑으로

진실을 밝히리라

영원한 순수의 사랑으로
진실을 밝히리라

산문

�֎

아리스토텔레스는 《니코마코스윤리학》 6권에서 '이론적 지혜'라는 의미를 가진 소피아sophia와 '실천적 지혜'인 프로네시스phronesis, 원어명 φρόνη σ ις)를 구분했다.

* 첫 번째 이야기- 여름은 더워야 제맛

올여름은 1993년 여름 더위에 버금가는 견디기 어려울 정도의 더위가 기승을 부렸다. 기억에 남을 더위였지만, 나는 1981년 여름의 더위를 잊지 못한다. 교지(금강문화, 공주사대)편집위원으로 참여해, 편집부 특집 기획 '서해 유적지 탐방' 글을 쓰기 위해 여름방학 중에 몇몇 위원들과 홍성 '성삼문선생 생가'를 방문했다. 그 당시, 교통 사정이 열악해서 버스에서 내려 한참을 걸어야만 했다. 한낮의 뙤약볕을 견디며 도착해 보니, 생가지의 문이 잠겨 있었다. 잠시 망설이다, 우선 더위를 피하기 위해 근처 농가에 들어가 잠시 쉬기로 했다. 어느 농가의 마당에 머뭇거리며 들어서 보니, 모두 일하러 들에 나갔는지 아무도 없었다. 마루에 걸터앉아 땀을 닦으며 쉬고 있을 때 주인 할머님께서 들어오셨다. 자초지종을 말씀드렸더니 쉬었다 가라고 하셨다. 나는 목이 너무 말라서 할머님께 물을 부탁드렸고, 할머님께서 우물에서 갓 길어 올린 시원한 물 한 대접을 주셨다. 단숨에 물을 마시고, 물 대접을 돌려 드리며 "더워서 못 살겠네요, 할머니."라고 별생각 없이 말을 했다. 말이 끝나자마자, 할머님께서 버럭 화를 내시며, "여름이 더워야 하지, 추워야 할까? 배웠다는 젊은 대학생이 말을 바르게 해야지. 여름이 더워야, 곡식과 과일이 영글 것 아닌감."하고 짱짱한 목소리로 야단을 치셨다. 손이 발이 되도록 용서를 빌어야 하는 것은 당연한 일이었다. 사십여 년 지난 일이지만 잊지 않고 있는 할머님께서 가르쳐 주신 실천적 지혜다. 여름은 더워야 제맛이다.

* 두 번째 이야기- 반성하지 않는 자와 무관심한 자

올해 광복절 즈음, 대학 후배의 권유로 영화 '1923 간토대학살'을 보았다. 101년간 잊혀진 역사를 전하기 위한 희망의 행진을 계속하고 싶다는 연출자의 역사적 소명의식을 바탕

으로 제작한 다큐멘터리 형식의 영화다. 영화를 보는 동안 줄 곧 부끄럽고 불편했다. 사실 부정을 넘어 왜곡하는 일본 정부 의 태도 탓뿐만은 아니었다. 일본 정부의 태도에 대해 비판 하는 양심 있는 일본의 정치가와 교수 그리고 시민단체(봉선 화)의 니시자키 마사오 이사와 관계자들이 해마다 위령제를 올리는 장면을 보면서 부끄러웠다. 영화를 본 며칠 후, 대학 동기 친구인 충남민예총이사장으로부터 문자를 받았다. 백 두광대 풍물굿쟁이들이 '우키시마호 폭침 희생자 진혼제'를 드리기 위해 일본으로 떠난다는 내용이었다. 해마다 8월 24 일 일본시민단체가 위령제를 올리는데 올해 처음으로 우리 나라 굿쟁이들이 일본에 간다는 것이었다. '우키시마호 폭침' 은 1945년 광복이 되고 열흘 지나 고국으로 돌아오는 우키시 마호에 탑승했던 동포들(대략, 8,000~10,000명으로 추정)이 일본 정부의 의도적인 폭침으로 몇몇 생존자를 제외하고 전 원 바다에 수장된 비극적 사건이었다. 올해 '진혼제'는 폭침 사건이 발생한 마이주르항 추모공원에서 굿(정화수, 도살풀 이춤, 비나리, 하이굿)을 올린다고 전했다(쑥항복, 영산제는 사정상 올리지 못한다고 함). '진혼첩'을 올리고자 하니, 억울 하게 돌아가신 영혼을 달래는 문구를 보내달라는 부탁도 있 었다. 나의 아버지도 징용에 끌려가서 가까스로 살아 돌아오 셨기에 몇 자 적어 보냈다. 부끄러웠다. 100년이 넘도록 양심있는 일본의 시민단체들은 반성하며 위령제를 올리는데, 우리는 무관심을 넘어 일본 정부의 그릇된 역사 인식과 태도를 묵인하거나 방조해왔다. 심지어 오염된 일부 국내 정치가와 학자들은 찬양하는 지경에 이르고 있다. 개탄을 넘어 뺨이라도 후려치고 싶다. 우리 스스로 친일과 숭일의 태도를 보이면서 일본 정부의 진정한 반성과 사과 그리고 배상을 어떻게 요구할 수 있겠는가? 일본 정부의 태도를 탓하기 전에 우리 스스로 반성하고 되풀이되지 않도록 굳은 다짐과 실천적 지혜를 모아 행동해야 한다. 더이상 늦출 수 없다.

임혜주

2007년 〈무등일보〉 신춘문예로 등단했다. 시집으로 『옆』
(2015년 문학나눔선정도서), 『어둠은 어떻게 새벽이 되는가』가
있다.

mother25@daum.net

방하착

툭, 내려앉는 소리를 들었다
돌아보니 벚나무 잎 두 개였다

매미 소리가 찌르르으 울리고
바짓가랑이 스치는 소리가 솨솨
그 틈에 놓이듯
아니 파고들 듯
사르라니

꽃잎 돋는 거 다 듣고
꽃잎 지는 거 다 듣고

투둑,
내려앉는 숨소리였다

놓아라 놓아라

손만 놓으면 평지다

그래서 눈 딱 감아보는
나뭇잎 숨소리였다

다섯 잎에서 여섯 잎까지

나무를 보면 알 수 있다

우리가 어디서 왔는지를
내가 어디에서 처음 시작됐는지를

줄기 사이에 돋아있던 비늘 같은 막
그것이 조금 벌어지더니 오늘은
숨어있던 연푸른 빗금, 싹이 조금 보인다

비늘은 좀 더 바깥쪽을 향하고
싹은 잎 모양이 되고 있다

그 옆, 또 그 옆도 시작은 같았다
이제 막 잎이 된 것들은 줄기 위에 있다

어제까지는 줄기였다가,

더 이전에는 가지였다가,
더 이전에는 뿌리였다가,

잎이 탄생되지 않은 건
내가 이미 시작되고 있음과 같다

시작과 끝을 묻지 말라
우리는 여기에서 끝 모르게 움트고 있을 뿐이다

제주 금모래 해변에서

1.

물총새의 등허리에 반짝, 하늘 물빛이 앉았다 물총새가
총알처럼 날아가자 펄렁 파도가 일어난다 파도는 그가 날
아오르는 딱 그만큼의 높이,

2.

방파제로 에워싸인 화순 금모래 해변을 걷는다 물은 찰
싹대고 발밑은 따뜻하다 제주에도 있는 화순, 귀가 순해져
서 발밑 소리를 듣는다 발바닥과 발등에 달라붙는 모래 소
리는 누구 숨소리를 닮았는가

3.

진흙이 우르르 우는 날이면 발바닥이 아파왔다 그의 경
사진 면을 내딛다가 엄지발가락 밑이 찢어졌다 진흙이 건
너와 모래가 되었구나 돌이 건너와 모래가 되었구나 나는
이제 다 잊고도 부드럽게 걸을 수 있다

4.

반짝, 그만큼의 높이로 누군가가 그립다 김춘수가 이중섭을 읽으며 기다림과 그리움을 되짚었듯이 소금 포대 같은 흰 포말이 모래 언덕을 한숨 쉬고 또 한숨 쉬고 자꾸 훑어낸다 그립지 않은 것은 다 떠나고 오직 그리운 것만 남아서 어깨를 숙이고 어슬렁댄다

5.

사마귀 뒷다리같이 길쭉하게 생긴 포클레인이 목을 꺾어가며 모래를 퍼올린다 저 포클레인은 모래처럼 쌓인 그리움을 파괴하는 자, 내 그리움은 도시 시멘트벽에 단단히 갇히고 말리라

6.

기다려도 물총새는 돌아오지 않는다, 기다리는 것은 늘 돌아오지는 않는 법이다 물총새 등허리에 반짝했던 빛깔

은 새로 막 돋아난 투명하고도 얇은 동백나무 잎을 닮았
다 모래를 다 말리고 신발을 신는데 떨어지지 않는 금모래
한두 알, 반짝한다

남편의 법문1

손톱깎이 여기다 두네잉 거기서 깎지 말고 여그서 깎소
이 내가 저번에도 다섯 개나 주웠네

아니 그럴 리가 없다고 그게 딱 다섯 개였겠냐고, 그걸
쪼잔하게 세어보았냐고, 아마 한두 개쯤 아니었겠냐고

대거리를 하려다 그만둔다

부처와 하루살이 떼

부처는 오래되어 너무 낡았다
연동사 천년고찰 극락보전
지붕에 파란 비닐을 덮고
온몸을 출입 금지 테이프로 칭칭 감았다
등 뒤 숲 그늘 무섭도록 시커멓고
사방 밑자락에 칡넝쿨이 엉켜 있구나
그 음습한 속으로 들어설 수는 없다
아직 물러나지 않은 새벽안개
한 마리 꿩이 바닥을 치고 내빼고
검은 하루살이 떼가 쉼 없이 따라붙는다
손사래를 치고 팔을 휘저어도
뒤통수에 따라붙다가
눈으로 콧구멍으로 들어온다
놈들은 내가 꽁꽁 묶인 부처로 보이는가
하루살이 떼는 꼭 내 뒤만 따르는 놈들
금방 내려온 놈이 아니라 아까부터 따라붙던 놈들

부처는 보지 못하고
머리카락만 잔뜩 축축해져 내려온다
넓은 길 들어서자 한두 마리
번뇌처럼 아직도 눈앞에서 어른댄다

어느 날의 숲속 울화

그러니까 엄마는 치매가 아니었어, 아버지한테 울화가 있던 거였다고,

그 말을 하자마자 뒤따라오던 아줌마들, 맞어, 맞어라우, 어이 저기 가는 두 양반 들었지라?

울화라고요이, 여자들 울화란께요, 두 남자는 뒤돌아보며 웃는 듯 마는 듯, 어리둥절인데

갑자기 한여름 매미 소리 터지며 와하하 모두 박장대소다

나는 잘못한 거 한나도 없당께, 낯 모르는 남자가 말하면

울화라 안 하요, 낯 모르는 여자가 무조건 묵살하면

따라가던 모두가 와아하하,

모든 게 울화로 한통속이 되고 여자들 똘똘 뭉쳐 찌르르 찌르르으

숲속 오르막을 올라간다 딱따구리까지 이구동성 와그르르 따그르르

엄마는 아버지가 늘그막에도 바람을 피운다고 몽둥이 들고 달려들곤 했다

하늘가 엄마 울화는 다 식었을까 날아다니는 웃음 위로 시든 벚나무 잎

부러진 몽둥이 내던지고 내려오신다 황금조각 사르르 후루루 내려오신다

고양이 한 마리에 대하여

지도 읍내 삼거리 공터에
얼룩 고양이 한 마리 있다
대신반점 뒷문 음식쓰레기 빨간 바구니도 아니고
오일장 천막 걷어진 자리도 아니고
검은 이층집
저녁 여섯 시쯤 되면 흰 승용차가 멈추고
앳된 여자가 얼른 문을 열고 들어가서는 절대로 나오
지 않는,
시멘트벽은 갈라지고 벗겨진 채
청바지나 츄리닝이 거꾸로 매달려 있는,
문 앞까지 다가온 진한 바다 노을도 절대로 창문으로 스
며들지 못하는
그 옹색하고 누추하고 무너져가는 집도 아니고
일일 노래주점 머리 묶은 여자가 물을 찌끌면서 가게
문을 열다가
나비야, 나비야, 어딨냐

밥 놓아주는 언덕배기 길도 아니고
말라비틀어진 오줌 줄기 신안이발소 골목도 아니고
광장 같은 황토밭이 널찍하게 펴져 있는
체육공원 만든다는 자리에
딱 한 마리 고양이가 한쪽 발로 흙을 파고 있다
눈이 마주치자 멈칫멈칫
다시 또 반대쪽 발로 흙을 판다
고양이는 똥을 싸고 저의 그것을 덮는 본능이 있다는데,
파고 또 파고만 있는 것이 발을 바꾸어 가며
내 눈치를 보면서 흙바닥에 길을 내고 있는 것이 의심
스럽기도 하지만
스멀스멀 어린 유채가 돋아나 더러는 꽃이 피고
드문드문 벚꽃잎이 너울대고
해는 마침 저물어서 로또 판매점 사이로 내려오고 있
는 참이라서
고양이의 발길질은 마침내 거룩해지기 직전인데
두려움도 없이 나를 번갈아 바라보며 하는 그 발길질이

너무도 낯익고 낯익어서
마치 내가 밥을 먹으려고
손을 뻗었다가 내렸다가
밤이 되면 캄캄한 허공에
나 홀로 잠에 들어가려는 것과 같았다

사월, 서귀포 숲에서

서어나무는 오므렸던 나뭇잎을 쫘악 펴서 가르마를 정
갈히 내고 양옆으로 머리카락을 가지런히 넘겼는데,

아기 손가락 같은 연분홍 밑자리가 불그스름하다 정수
리 위로는 전등처럼 햇빛이 쏟아지니,

아, 한줄기 머릿길이 환하구나 까마귀베개나무 아직 작
고 좁아서 검은 머리 누일 수 없었던가,

숲속에 들자마자 까마귀 거세게 울어대더니 서어나무
잎, 그의 가느단 햇빛 길 잠깐 스쳤겠다

산문

✳

　3박 4일로 명상수련원에 다녀왔다. 모든 것을 내려놓고 나에게로 돌아가기 위한 연습이었다.

　어떤 강사가 말했다.

　"자, 조금 있다가 제가 여러분에게 레몬을 하나씩 줄 거예요, 어때요, 바로 침이 고이지요?"

　그랬다. 바로 침이 고였다.

　"그런데 그건 그냥 한 말이에요."

　레몬을 준다고 하니 레몬을 받지도 않았는데 입안에 침이 고였다. 모든 게 생각이었다. 생각만 하면 반사적으로 몸의 일부가 반응하는 것을 곧바로 체험했다.

　밥을 한참 먹고 있으면 종을 한 번 친다. 그리고 조금 있다가 두 번 친다. 종을 한 번 치면 먹던 밥을 멈추고, 두 번을 치면 다시 밥을 먹는다. 잠시 멈춰보라는 뜻이다. 멈추면 보인다고 했다. 내 생각에 갇혀서 보지 못했던 것들이 멈추면 보인다고 했다. 우리는 생각의 필터로 모든 것을 보고 있다고.

쉼, 멈춤, 내려놓기, 바로 보기를 위해서 걷고, 듣고, 문지르고, 춤을 추고 눈을 감고…, 그렇게 해보았다. 그래도 계속 출렁대는 마음, 계속 떠오르는 잡생각, 가벼워지지 않고 쉬어지지 않는 마음….

밥을 먹을 때는 밥의 맛을 느끼도록 하고, 길을 때는 왼발 오른발 발바닥의 느낌을 느끼며, 음악을 들을 때는 소리만 따라가며, 춤을 출 때는 음악에 몸을 맡겨라! 잘 안되지만 해보려고 했다. 그러나 생각의 구속에서 벗어나고자 하는 노력이 또 하나의 구속이 되고 있었다.

생각이 꼬리를 물고 일어나는데, 같이 온 일행은 그렇지 않아 보였다. 그들은 틈만 나면 웃었다. 어쩌다 일행에 합류하게 된 나도 덩달아 자주 웃었다. 그들과 함께 카페에 가고 사진을 찍고 산책을 했다. 산책을 하면서도 그냥 하지를 못하고 강의 때 배웠던 동작을 해보면서 웃고, 또 그런 모습을 사진으로 찍고, 사진 찍은 것을 서로 보여주며 즐거워했다. 거기서는 나도 덩달아 재미있는 사람으로 변하고 있었다.

"자기는 나를 만났으니 로또를 찾은 거야"

일행 중 한 사람의 말이었다. 로또? 그녀를 만난 것이 인생의 큰 행운이라고? 웬 자신감? 그녀는 맨발 걷기를 권했다. 왜 맨발 걷기를 시작하게 되었는지, 맨발로 걸으면 뭐가 좋은지를 신명 나게 설명했다. 자신이 확신하고 있는 것을 남에게 건네줄 때의 기쁨을 맘껏 드러내며 같이 해보자고 했다. 특히 내 귀가 솔깃해진 것은 3년째 불면증 약을 먹고 있는 친구가 맨발 걷기를 하면서부터 약을 끊었다는 얘기였다. 약을 끊었다고? 3년이나 먹고 있던 약을 맨발 걷기로 끊을 수 있었다고? 자기를 만난 것이 인생의 로또라고 했던 말은 자랑이나 자만심이 아니라, 맨발 걷기가 인생의 로또라는 의미인 것 같았다.

그럼 나도 해야지! 당연히 그래야지. 불면증이 낫는다는데 못할 게 없지. 당장 수련원 뒷산부터 올랐다. 산은 산책로로 다듬어져 있었지만 자갈이 깔려 있어서 걷기가 쉽지는 않았다.

신발을 벗고 막 산을 올라섰을 때의 느낌, 그것은 작은 자유였다. 생각해 보지 못한 일에서 오는 기쁨이었다. 어쩌다 맨발로 걷는 것을 해보긴 했지만 잠깐 해보았을 뿐이고 이렇게 울퉁불퉁한 산길을 맨발로 걷게 된 건 처음이었다.

맨 흙바닥이 발바닥에 와닿는 느낌은 묶였던 것에서 놓여나는 기분을 느끼게 해 주었다. 오래전에 '바닥'이라는 소재로 시를 썼던 것이 떠올랐다. 그때 나는 무엇인가를 표현하고자 했는데 잘 안되었다. 시를 읽어주던 사람도 뭔가가 있지만 명확히 잡히지 않는다고 했다. 그때 그 시에서 나는 '마룻바닥으로 들어오는 햇빛'에 대해서 말하고 있었다. 햇빛이 창

문을 넘어와 바닥으로 내려앉는 그 한 조각의 환함에서 나는 무엇인가를 말하고 싶었다. 명확하게 밝힐 수는 없지만 분명 뭔가가 있기는 있었다. 그것이 무엇이었는지 이제 와서 어렴풋이 몸으로 느껴지는 거였다. 해방? 놓여남? 자유? 본질? 위로? 받아들임?, 그런 것에 가까운 느낌이라고 할까….

사흘을 맨발로 산길을 걷고, 집으로 돌아왔다. 명상과 쉼을 연습했지만, 실은 사람으로부터 얻은 것이 더 많았다. 산길을 함께 다녔던 동료들은 에너자이저처럼 긍정적인 에너지를 뿜어내는 사람들이었다. 나도 좀 밝고 가볍게 살고 싶다. 진지한 의미보다 경쾌한 발걸음이 좋다. 아니 의미가 없어도 좋다. 인생에 뭐 거창한 의미란 게 따로 없다는 말도 떠올랐다. 의미보다는 한 끼 밥이 더 소중하고, 의미보다는 하루의 잠이 더 소중하고, 의미보다는 마음의 평화가 더 소중하다. 오직 단순한 그것을 위해서 여태 몸부림치며 살아왔던가 싶기도 하다. 가볍게, 가볍게, 살자. 나의 해방 일지는 걷는 것으로부터 시작되었지만, 거기에 하나를 더 추가한다. 맨발로 만 보 걷기. 나는 조금씩 나아지고 있다.

전종호

1979년 『한국문학』, 현재 마을활동가. 시집 『임진강』, 『어머니는 이제 국수를 먹지 않는다』, 시 산문집 『히말라야 팡세』 등 여러 권의 저서가 있다.

peaceschool2014@kakao.com

금강, 물의 길
- 우금티 1

적시고 스미고 넘쳐서 길을 내는 것이다
하늘 구름에서 빗방울 가는 빗낱으로 내려
도랑 치고 졸졸 시냇물 모아 금강 천릿길
바다로 달려가는 것은 오직 그리움 때문이다

난바다 큰 물결이 손 까부르는 먹먹함
잡힐 듯 말 듯한 꿈을 안고 살기 때문이다
높은 곳에서 낮은 곳으로 스미고 눕고
기꺼이 죽는 것은 천성을 살기 때문이다

후미진 계곡에서는 건널 수 없는 한길
방해하는 놈이 있어도 멱살 잡지 않고
비켜서서 조용히 흐르다 낙차가 크면
들판을 울릴 만큼 장한 소리로 우는 것은
날마다 덜어내는 것이 물의 뜻이기 때문이다

더하고 쌓고 빼앗고 죽이며 썩히고
제 맘대로 물길을 돌리려는 인간들에게
생명의 잠잠한 이치를 알리기 위함이다
사람 사는 마을을 비켜 에둘러 흐르는 것은
머무르지 않는 것이 본디 물의 길이기 때문이다

때로는 넘쳐 무너뜨리고
- 우금티 2

전라도 덕유산 아래를 돌고 돌아
장수 무주 금산 보은 영동 옥천
좁디좁은 산골짜기 핥고 적셔
남쪽에서 북쪽으로 치고 돌아
마침내 부강芙江 어디쯤에서
남쪽으로 방향을 틀어 낮은 땅
서쪽 넓은 들판을 찾아 흐르는 것이다

한주먹 모 꽂을 한 평도 되지 않는
산골짜기 된비알 이곳저곳
오로지 하늘만 바라볼 수밖에 없어
울음처럼 가만 가만히 땅끝을 적시고
농사꾼 팍팍한 가슴을 어루만지며
조용 조용히 제 갈 길을 잡아 왔지만

누르면 눌리고 때리면 맞던 백성들

더 이상 참지 못해 제도와 현상을 넘어

인내천人乃天 새길을 낸 갑오년처럼

때로는 공산성 공북루 목을 날리고

개벽세상의 길
- 우금티 3

언감생심
별이 되겠다고 나선 길은 아니다
집을 떠나 넘는 저 고개
후천개벽 새 세상의 물꼬

환상이나 절망 따위는
속으로 꿀꺽 삼키고
죽은 자들을 밟고 나 또한
넘어야 할 먼동이 트는 고개

살아도 살아도 걷어낼 수 없는
막막한 어둠을 헤치려
아름다운 전쟁에 나가
기꺼이 죽더라도

죽음으로 죽음을 넘어

혹시라도 개벽세상 마중물이 될까
싸우고 이겨서 걸어 넘고자 했던
아, 아, 통한痛恨의 우금티여

농민군들의 노래
- 우금티 4

가진 것들은 언제나
입에 거룩한 말씀을 달고
권귀權鬼나 외세를 가리지 않고
더 힘 있는 것들에 붙어

창끝은 위태로웠으나
사는 일은 늘 바람만바람만
정말로 위태로운 것은
새끼들 주린 배였고
죄 없는 눈망울이었으니

여기와 고개를 처박고
죽는 건 하나도 억울하지 않으나
남은 처자식 간당간당한 목숨 끝을
어쩌지 못하는 것이 마음에 걸리고

황톳물 수건에 징과 대창으로
양총을 제압할 수는 없으나
탐학과 폭정을 이기고
나라를 바로 세우려는 마음이야
무엇으로 누를 수 있으랴

돌이킬 수 없는 마지막 전투에 앞서
미리 묘비에 이름을 새기고
무르팍을 밀어도 갈 수 있고
주먹만 내질러도 넘을 것 같은다*
끝내 넘지 못하고 흩어지는 것이
삭혀도 녹지 않는 원통함이라네

* 동학 농민군은 금방이라도 우금티를 넘어 한양으로 진격할 수 있을
것 같은데 여기서 좌절되는 것을 처절한 아쉬움으로 이렇게 표현했
다고 전해진다.

꽹과리, 그 신명
- 우금티 5

밥 먹을 때도 놀 때도 쉴 때도
전투할 때도 진군할 때도 후퇴할 때도
꽹과리에 신명이 붙었다

깽 깨갱 깽깽 깽깽
자 가보자 새 세상 날라리 울어재키니
잘난 놈 못난 놈 부자도 가난도 구분 없이
저 생긴 대로 제 모양 대로 제 흥에 따라
한데 어울려 대동사회 개벽세상을 이뤄보자
권귀權貴 잡귀 서양 귀신을 몰아내자

깽 깨갱 깽깽 깽깽
꽹과리를 치자 북이 울고 징이 울린다
잠자는 마을을 깨우고 이인 들판을 울려보자
방실방실 덩실덩실 사뿐사뿐
몸짓과는 달리 저항의 소리는 요란하였다

쌀이고 보리고 곡식 농사 모두 빼앗겨
먹을 것이 하나도 남지 않았다 못 살겠다

북 치고 장구 치고 핏대를 올려도
징과 꽹과리로 총포를 어찌할 수는 없지만
새 세상 바른 나라 만들자는 마음이야
죽일 수 있으랴 깽깽 놀아보자 깨갱 깽
우금티 능선에 바짝 붙어라 깽깽
전쟁터에 나가 이겨보자 깽 깨갱 깽깽 깽깽
이겨서 우리 세상 만들어 보자 깨갱 깽깽 깽

우금티장군의 길
- 우금티 6

살얼음이 깔린 고개를 오르며
병사들은 무슨 생각을 하고 있을까
삼남대로 걸어오며 품었던 벅찬 꿈들이
경천에서 효포 전투에서 지고 깨지고
능티고개 밟고 오실 마을 뒷산을 넘어
우금티까지 터덜터덜 걸어가는 길

새벽 별이 뜰 때 차가운 주먹밥을 싸서
피가 강물 같은 혈흔천血痕川을 건너
서리 내린 나뭇가지 잡고 산등성을 넘으며
먼동이 트는 우금고개에 닿았던 시간
병사들 식은 이마에 스쳐간 생각은
신분철폐 빈곤탈출 승리의 예감이었을까
두고 온 자식들 헐벗은 입성 걱정이었을까

하루 사오십 차례 밀고 밀리는 육박혈전에

시천주 열세 자 무력한 주문呪文을 외우며
한겨울에도 홑바지 짚신에 발 벗은 사람들
궁을ㄹ乙부적에 대창 쇠스랑을 들고 뛰어온
뜨거운 피는 도대체 어디서 온 것이었을까

민심은 바람에 몰려왔다 흩어지는 구름 같고
눈에 가시 찔린 듯 평생 눈치 보며 살던
정녕 알다가도 모를 사람들이 농민이라지만
얼음 위에 댓잎을 깔고 추위를 견디던
유무상자 보국안민 대의를 놓을 수 없어
흉악한 총구 앞에 놓인 표적이 되더라도

제폭구민除暴救民 반외세 깃발을 굳게 잡고
백성을 사랑하고 의를 바로 세우나니
붉은 마음뿐 잃을 것은 아무것도 없다*
역적이라는 덤터기조차 순명順命으로 받들고
외롭고 비장하게 걸어 오르는 우금티

죽기 위해 걸어가는 장군의 새벽길

녹두 씨앗의 노래

- 우금티 7

떨어지고 묻혀서 기꺼이 죽겠습니다
온전한 죽음으로 껍질을 벗겠습니다

한때 저 먼 하늘을 떠돌아다니며
내 죽을 자리를 찾아 헤매었지요

한곳에 머무르지 못한 슬픔도 있었지만
한 세상 다시 살아볼 희망을 보았습니다

막막한 땅에서 한 줌의 물과 볕과 바람
인연을 만나 새롭게 태어나길 빌었습니다

사랑하던 사람들이 먼 앞날을 위해
땅속에 숨겨둔 아스라한 별빛을 만났습니다

힘으로 누를 수 없고 맷돌로도 갈 수 없는

오직 죽음으로써 다시 살아나는

개벽의 새벽 첫울음으로 거듭 깨어나
봄날 그대 앞에 환희의 꽃으로 피겠습니다

동학농민군 나팔수 이하사의 노래
- 우금티 8

오곡동* 장자울에서 두리봉을 올라
공주 아래쪽 노성 들판을 바라보면
여기가 바로 한세상이라
마른 봄 논에 물 대 모를 심고
허리 굽혀 김 매 가을 나락이 여물면
누런 들판은 풍년의 춤으로 넘실거리니
바라보는 화엄세계 저절로 배가 부른데

썩은 정치에 통제할 수 있는 법은 없어
저 많은 쌀들이 농사꾼 입에 들어가지 않고
가로채어 배를 불리는 놈들은 누구인가
개집보다 못한 저 작은 밥상에 둘러앉아
하루 두 끼 거친 밥이라도 새끼들 입에
넣어주고 싶은 비루한 사람들은 점점 늘어나니

공맹孔孟과 성리학의 가르침은 어디에 있고

세상의 상식은 다 어디로 가버린 것인가
바람 찬 겨울바람을 맞받으며 산마루에 올라
아랫마을을 내려다보면 눈물이 나서
오로지 개벽 세상을 바라며 목구멍이 터져라
심고心告*하며 나팔 불던 농민군 나팔수 이하사는

일본군 양총과 신식 대포에 쓰러져
끝내 우금티 너머 새 세상을 보지 못하고
아이고 내 팔 아이고 내 다리 하며
오곡동 부화터 들에 가득 찬 동지의 시체를
산모랭이에 모아 묻고 돌탑을 쌓아
군대처럼 올라오는 산수유 노란 봄마다
후천 개벽 꿈꾸던 벗이여 동지여 잘 가라
장자울에 남아 뜨거운 나팔을 불었다 하네

* 오곡동에는 최근까지 부화터 들에 아이고 내 팔 아이고 내 다리 하며 우는 귀신의 소리가 들렸다는 구전이 있다. 이하사 또는 이아사는 장자울에 살던 동학농민군 나팔수였다고 한다.

* 심고, 동학도인들이 무슨 일을 하기 전에 하늘에 먼저 알리는 기도 의식

산문

※

　내가 처음 우금티를 넘은 건 고등학교 입학시험을 치러 간 날이었다. 당시만 해도 성능이 좋을 것 없는 버스가 비포장의 까칠한 경사를 그러릉 그러릉 하며 노인네 가래 끓이듯 힘겹게 올랐다. 내일 시험을 치러야 하는 입시생의 마음과 같은 길이었다.

　그 우금티가 그렇게 아픈 고개였다는 것을, 우금티에 동학혁명 기념탑이 있다는 것을 나중에 고등학교에서 국사 공부를 하면서 알았다. 그 후 가끔 밤에 우금티 동학혁명 기념탑에 가서 머리를 조아린 적이 있었다. 밤에 혼자서 우금티로 올라가는 길은 당시 유신 시절 불경스러운 일이었지만 역사를 찾아가는 길이었다.

　그리고 잊었다. 동학혁명은 진 것이므로, 실패한 것이므로, 진 것은 의미가 없다고 학교에서 배웠으므로 잊었다. 한

동안 잊고 살았다. 학교에서 가르치는 것이 모두가 진실은 아니라는 것을 학교 선생을 하면서 알게 되면서, 반드시 이기고 성취하는 것만이 사람 사는 모습의 다가 아니라는 사실을 깨닫게 되면서 다시 동학을 생각했다.

왜 동학혁명 기념탑의 글과 글씨가 어용 사학자의 글과 독재자의 글씨인가를 생각하면서 변혁과 혁명의 사상과 흔적조차 독재자의 의도에 따라서 얼마든지 포장될 수 있다는 것을 알았지만, 역사에 기록되지 않은 사람들의 작은 꿈과 저항의 외침은 결코 산화散化되지 않는다는 것을 믿는다.

갑오년 동학혁명이라는 민중의 함성은 우금티에서 진압되지 않았다. 수운 최제우의 신원금포伸冤禁捕의 애소哀訴를 위해 모인 공주취회公州聚會에서 최초로 촉발되어 고부 군수 조병갑의 학정을 응징하는 전봉준의 의거로 불이 붙은 동학농민혁명은 우금티를 결국 넘지 못했지만, 그 정신과 함성은 결단코 이 땅에서 죽지 않고 의병으로, 3·1 만세 운동으로, 독립군과 촛불 정신으로 살아 있는 것이다.

개벽세상을 꿈꾸던 당시 사람들의 정신과 흔적을 찾아 그 땅 공주를 두 발로 걸으면서 마음을 다시 모은다.

조재도

1985년『민중교육』지로 작품활동을 시작했다. 아동청소년
문학 작가이면서 '함께평화모임' 일을 하고 있다. 시집『약
자를 부탁해』, 한반도 전쟁을 다룬 그림책『전쟁 말고 평화
를 주세요』외 여러 권의 책을 발간했다.

mvwhwoeh@hanmail.net

비에 지지 않는다

나를 사랑하는 사람이 있는데
나 잘되라고 기도하는 사람이 있는데
내가 어찌 나를 함부로 하겠는가
비에 지겠는가 술에 지겠는가
한숨에 유혹에 지겠는가
그 사람은 세상의 전부
그 사람을 잃으면 세상 전부를 잃는데
비에 지겠는가
술에 지겠는가

더 좋은 답

보고 싶지 않은 사람
안 보기

하고 싶지 않은 일
안 하기

그것만 해도
인생의 절반은 행복

오늘은 당신의 날
당신 맘껏 살아보는 날

어떻게 살아야 할까 하는 물음에
정답은 없지만
더 좋은 답은 늘 있어요

강의 마음

강물도 강가로 나오면
마음이 여려진다
강의 한복판에서 앞다투어 흐를 때는
사나운 마음이었다가
강가로 흘러 잔물결이 되면
마음도 맑고 따뜻해진다
물에 스민 투명한 햇살
모래 자갈을 비추고
떠 있는 어린 치어들 그림자를 비춘다
바람에 헤적이며
물무늬 짓는 강가의 물살
연약한 풀뿌리를 적시는
강의 마음

파먹다

우린 어머니를 파먹는다
우린 둥근 수박을 파먹는다
달걀을 삶아 껍질을 벗겨 먹고
문명의 골통을 파먹는다
둥근 것들을 그렇게 파먹는다
아그작 아그작
여름이면 선풍기 에어컨도 파먹고
지구도 무작정 파먹는다
그러다 이제 우리 심장을 눈물을
파먹힐 거다

투명 선

거미는 거미줄로 선을 긋는다
나뭇가지와 잎 사이
투명한 공간에 선을 그어
식탁을 만든다
집을 짓고 존재를 만든다
사람도 선을 긋는다
인생이란 실뭉치에 들어있는 많은 투명 선
관계와 관계 사이
너와 나 사이
사랑의 연결선과 많은 이별 선
그때는 알지 못했다
오늘 또 이런 선이 그어질지는

꽃과 나비

길가 꽃 한 송이 떨어져 있다
지나는 사람 발에 밟혀 망가져 있다
노랑나비 한 마리 꽃 주위를 맴돈다
꽃에 앉으려다 날고
앉으려다 날고
슬픗 ~ 슬픗
꽃 주위를 떠나지 않는다
나비야 이제 그만 꽃 사랑에 지쳐라

나무의 허락

성장의 비탈에서
잘못된 길을 가려고 할 때
그 아이를 바로잡기 위해
종아리를 친다면
내 가지를 꺾어가도 좋소

볕 좋은 날 저녁때
빨랫줄에 널린
이불 먼지를 털기 위해
내 가지가 필요하다면
가져가도 좋소

들일하다 낫에 손가락을 베어
피 뚝뚝 흐르는 상처 싸매기 위해
내 잎을 따가도 좋소

나의 기둥에
각오의 말을 칼끝으로 새기고
마음이 흐트러질 때 찾아와
결심을 다잡는다면
내 몸에 상처를 내어도 좋소

순리

추수가 끝나면 아버지는
마당에 볏짚을 차곡차곡 쌓았다
겨우내 소여물로 썰어 먹이고
부엌 아궁이에 짚불로 때기도 하였다
그렇게 쌓은 볏 짚단 맨 아래는
다른 볏짚에 눌려 썩기도 하고
겨우내 쥐들이 새끼 치고 갉아
나중에 갈퀴로 득득 긁어
두엄자리 거름으로 나갔다
그렇다고 밑에 깔린 짚들이
아주 쓸모없는 것은 아니었다
그것이 있어서 위에 있는 다른 짚들이 썩지 않았고
서생원들의 안온한 보금자리가 되었다
알곡을 털린 짚들이 이렇게 쓸모 있을 줄이야
청춘이 지나간 우리 인생도
밑바닥에 놓인 짚단 같지 않은가

산문

�֎

40대 중후반의 일이다. 천안 집에 있던 책과 책꽂이를 1톤 봉고 트럭을 불러 시골집 사랑방에 갖다 놓은 일이 있었다. 책꽂이가 부족해 책이 방바닥에 쌓이고, 그렇게 쌓인 책이 천장에 닿아 책의 감옥에 갇혀서였다. 내 인생에 큰 영향을 준, 다시 읽고 싶은 책 30여 권만 남기고, 버려도 좋은 책 6백여 권은 버리고, 나머지 1천 5백여 권을 차에 싣고 시골집으로 갔다. 마당에 멍석을 깔고 차에서 책을 내렸다. 책이 멍석에 산더미처럼 쌓였다. 그것을 보고 어머니께서 하신 말씀이 지금도 생각난다. "저게 다 돈인디." 나는 그 책을 시골집 사랑방에 상자째 되는 대로 쌓아놓았다.

그렇게 시골집에 처박아 놓은 후 20년도 더 지났다. 바닥에 있는 책들은 쥐들이 갉고 새끼 치고 변색 되고 거미줄에 먼지가 뒤덮여 볼 수가 없었다. 한 차례 또 책을 골라

500여 권을 버렸다. 내가 가지고 있는 책의 대부분은 교육과 문학, 사회과학 책들이다. 기증할까도 생각했다. 그러나 요즘은 지역이나 대학 도서관에서 기증을 받지 않는다고 했다. 기증받아 정리하는데 돈이 더 든다고 했다. 이따금 책을 기증받는다는 광고가 있어 알아보면, 새 책으로 책을 모두 분류해 받는다고 했다. 결국 내가 가진 책은 나중에 내가 죽거나 시골집이 팔리면 고물상으로 실려 갈 수밖에 없었다. 하지만 이 책들이 어떤 책인가? 내 인생과 열정과 돈과 역사가 묻어 있는 것이 아닌가? 한 권 한 권 읽을 때마다 내 영혼의 성장에 마디와 같은 역할을 해주지 않았던가. 처음 읽을 때 밑줄 그으며 읽고, 두 번째 읽을 때 처음 그은 밑줄을 지우면서 읽고, 세 번째 읽을 때 다시 밑줄 치며 읽었던 책들이다. 그동안 버리고 버려 이제 남은 책들은 그야말로 곡식으로 치자면 알곡과도 같은 것들이다. 이 책을 어떻게 처리할까 하는 고민이 늘 뒤따랐다. 생각을 감았다 푸는 사이 한 가지 결론에 이르렀다. "할 수 없다. 내 손으로 정리하자." 그것이 손때 묻은 내 책에 대한 최소한의 도리일 것 같았다. 기증도 못 하고 누구에게 주지도 않고 나중에 결국 고물상으로 실려 갈 바에야, 내 손으로 조금 조금씩 처리하자.

이번 추석에 시골에 갔을 때, 쌓여 있는 책 중에서 두 상자를 가져왔다. 상자를 열어 나의 글쓰기 작업에 필요할 듯한 책 20여 권을 남기고, 나머지는 모두 버렸다. 책을 선별하는데, 김정환 씨가 쓴 『인간화 교육 어떻게 할 것인가』라는 책갈피에서 옛날 전교조 정해숙 위원장님이 보낸 편지가 나왔다.

"조재도 선생님

보내주신 『사십 세』 잘 받았습니다. 감사합니다. 그리고 감명 깊게 읽었습니다.

복직하신 이후 어려움이 많으셨으리라 생각합니다. 그럼에도 불구하고 참교육을 위한 확신을 가지고 인내를 다해 맡은 바 역할을 다하시는 동지들께 진심으로 감사드립니다.

새해에는 더욱더 힘찬 새해가 되어지기를 진심으로 기원합니다. 그리고 마음의 평화가 주위의 모든 사람들에게 흘러넘치는 새해가 되어지기를 바랍니다. 丁海淑 드림."

내가 전교조 일로 해직되었다가 복직한 것이 1994년 3월이고, 시집 『사십 세』가 1995년에 나왔으니, 그즈음 내가 시집을 정 위원장님에게 보내드렸고, 그 일에 대한 답

신으로 쓰신 것 같았다. 물론 나는 이 사실을 까맣게 잊고 있다가 책을 정리하며 발견한 것이다.

그 후 꼭 사야 할 책은 중고로 산다. 평소 사야 할 책 목록을 메모지에 적어 두고, 이 책을 꼭 사야 하나 몇 번의 검토를 거쳐, 그래도 사야 할 책이면 중고서점에서 산다. 중고라고 값이 싼 것도 아니다. 배송비가 책값의 1/3은 붙는다. 그래도 중고로 사는 것은 읽은 후 바로 버리기 위해서다. 그렇게 책을 늘리지 않으려고 관리하는데도 어느새 책이 다시 집에 쌓인다. 요즘 들어 새삼 정리할 것들이 많다. 책도 그렇지만 글도 그렇다. 여기저기 연재했던 글, 써놓고 발표하지 않은 글, 비닐이 삭아 못 쓰게 된 사진첩 속의 사진들. 이 모든 것을 바지에 묻은 흙 털어내듯 지우려고 한다. 글도 책도 생각도 한때 보물이었는데 이제 세월이 지나 고물이 된 것들이다.